帥醫筆記

之13 黑金現形

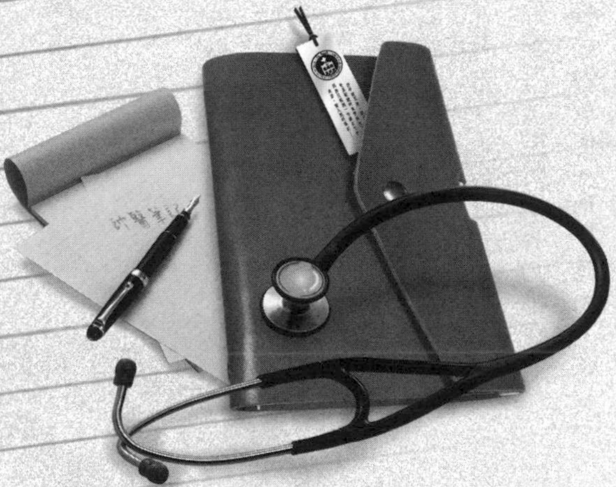

司徒浪◎著

我是一名婦科醫生。

每天，我都會接觸到女人那些難以啟齒的病痛，

我的職責便是為她們解除痛苦。

假如我看她們的笑話，出賣她們的隱私，

將她們的病痛當做閒聊話題，我就是個毫無廉恥的卑鄙小人。

我總認為女人比我們男人乾淨，她們不像我們男人，

為了競爭爾虞我詐，用心計、耍手腕，

她們心地善良單純，我因此本能地對她們產生憐愛。

我覺得女人真是一種奇怪的動物，她們有時候很難讓人理解。

女人的情感，就彷彿是天上飄著的一片雲，來無影去無蹤。

有時候你會覺得她們很變態，真的，她們固執起來的時候真的很變態。

說到底，男人或許是一種極端自私的動物，在他們眼中，只有獵物，沒有女人。

於是，許許多多說不清道不明、不便說也不能說的事情發生了。

而我只能將一切藏在心中，或者，寫入我的筆記……

——馮笑手記

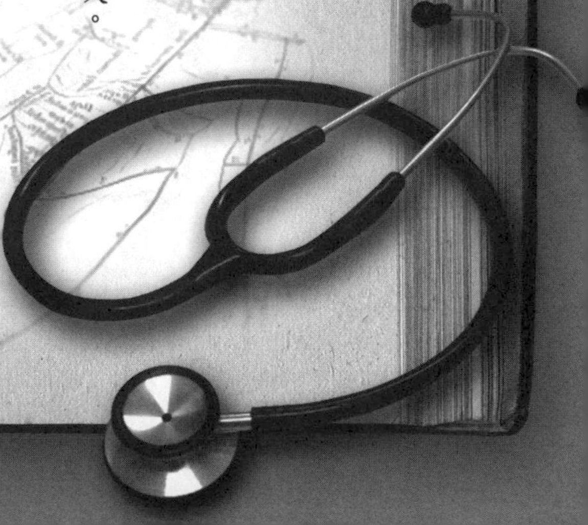

目錄

帥醫筆記

第一章

聰明官員的飛機哲學

他說：「最聰明的官員要像坐飛機一樣，
不管他飛得多高、多遠，最重要的是要能夠平安著陸。
你看最近被處理的那幾位高級領導，
雖然都曾展翅高飛，但最終卻都身陷囹圄，
這可就不該是聰明人所為了。」

昨夜沒有休息好，但今天卻不得不準時去上班，因為今天是我的門診。忙碌了一上午後，中午還得回家。現在不一樣了，家裏沒有了蘇華。保姆對我說：「姑爺，中午你不需要回來的，有我在呢。」

「輸液的事情只有我才可以做，我必須回來。」我解釋道。她也就不再說什麼了，只是搖頭歎息。

下午的病人少了許多，我給護士說了一聲後，就去到了行政樓。退休處裏的人都在看報或上網，我進去後，他們都在朝我看。

「馮主任，稀客啊。」處長笑著對我說，放下了手上的報紙。

我把來意對他講了，希望能找一位合適的人來我家照顧陳圓，他滿口答應著，「我幫你物色一個，保證讓你滿意。」

說實話，他的熱情讓我感到有些意外，但是又不好多問，只是不住地說著感謝的話。

「我還在上門診，這件事情麻煩你了。到時候我請你喝酒。」最後我說道。

他竟然親自送我出了辦公室，我有些受寵若驚。

「馮主任，你看我岳母可不可以？她以前是內科的副教授，去年才退下來。」他這才對我說道。

「行啊，就是不知她對待遇有什麼要求。」我說。

「你看著辦吧，我知道你是有錢人，不會虧待了她的。」他笑著對我說道。

我頓時明白了他剛才那麼熱情的原因。當然，畢竟很多人都知道了我和章院長的關係。

「這樣吧，我先給五千一個月，做得好的話，我再加點。每天的工作其實很輕鬆，就是每天上午九點鐘給我妻子輸一次液，中午在我家裏吃飯，然後就可以離開了。此外，還需要每天觀察一下有沒有感染什麼的。其他的事情由我家裏的保姆做。你看怎麼樣？」我說道，主要是為了說明我只出五千塊錢的理由。

他很高興的樣子，「行，就這樣。馮主任，大家都說你是一位好丈夫，現在我真的相信了。」

我搖頭道：「唉！沒辦法的事情。」

「唉！」他也歎息。

我知道他的這聲歎息，可能更多的是對我的一種附和。不過，即使是這樣，我也很感激他。

我們說好了第二天上午他岳母直接去我家裏。我把自己家的地址告訴了他。

康得茂是在下午四點過給我打來電話的，「晚上我請你吃飯。有空嗎？」

我笑道：「看來你最近真的很閑啊。不過，我家裏那一攤子事情你是知道的，所以，我可能來不了。」

「你最好能夠來，是家鄉來了幾位官員。如果你有空的話儘量來吧，很有意思的。」他說。

我有些莫名其妙，「什麼很有意思？」

「或許今天晚上你可以知道什麼叫官員了。真的很有意思。」他笑。

我更加不明白了，「難道你不是官員嗎？我覺得你就已經非常有意思啦。」

他大笑，「我說的不是那個意思，到時候你來了就知道了。晚上六點半，省政府旁邊的聚豐大酒樓。」

我還想問他的，但卻發現他已經掛斷了電話。

我不禁苦笑：這傢伙還真會撩撥人的好奇心。

我隨即給家裏打了電話，同時告訴保姆，明天有位醫生要到家裏去。

保姆問我道：「那個彈鋼琴的小夥子怎麼不來了？」

我說不需要了，好像沒什麼用處。

保姆說，就是，你這完全是白花錢。

我唯有苦笑。

下班後，我直接開車去到了省政府旁邊不遠處的聚豐大酒樓。這地方我知道，據說是省政府領導經常宴請客人的地方。

我完全明白康得茂今天安排在這地方宴請家鄉官員的目的——像我們家鄉那樣級別的官員，是很難得被邀請到這樣的地方來吃飯的。

因為這裏不但代表了豪華，而且還顯示出了一種特權。

因為堵車，我到的時候已經六點四十了。

這是一個大大的雅間，裏面不但豪華，而且非常典雅，地上的羊毛地毯也與那些豪華酒店的不大一樣。在我的印象裏面，酒店的地毯都是紅色基調的，但這裏不是，我的腳下是一片淡灰色。

我進去的時候，裏面已經有了七八個人，除了康得茂之外，其他的我都不認識。

「馮笑，來，我給你介紹一下。」康得茂見到我後，便過來對我說道。

所有的人都來看著我，臉上都帶著微笑。

「這是醫科大學附屬醫院的馮醫生。也是我們的家鄉人。」康得茂把我介紹給了那些人，隨後一一把他們介紹給了我。

我這才知道，這些人裏面有兩位副縣長，還有幾位是局長，廣電局、稅務局，還有財政局什麼的。

兩位副縣長倒是蠻客氣的，主動伸出手來與我握手。

然而，那幾位局長的表現卻讓我心裏不高興起來了。他們竟然坐在那地方一動不動，我想到他們畢竟是家鄉的官員，於是忍住不快，朝他們分別伸出手去。

他們都一臉木然地與我握了一下手。

當我最後去與那位廣電局局長握手的時候，發現他竟然是滿臉的傲色，這讓我更加不快，而且還有些尷尬了。

「龍縣長馬上就到了，我們等等他。」康得茂隨即說道，然後把我拉到一旁，低聲對我說道：「我不是說了讓你來感受什麼叫官員嗎？剛才你見到了吧？我是故意不介紹你的具體情況的。嘿嘿！你慢慢看吧，很有意思的。不過，你不要生氣啊，儘量忍。我相信，從今天之後，你的很多想法會發生改變的。」

「不就一個小小的局長嗎？這麼傲幹嗎？」我低聲地、不快地道。

「所以，你根本不要指望這些人能夠為人民服務了。他們連你這樣一位三甲醫院的醫生都看不起，你還指望他能夠為老百姓辦事啊？嘿嘿！一會兒你慢慢看吧，真的很有意思的。」他低聲在冷笑。

聽他這麼一說，我頓時就不再生氣了，因為我知道，接下來肯定有好戲可以看。

「畢竟是家鄉人，給點面子，千萬不要生氣。馮笑，我只是想讓你看看下面官員的真實面目，也想讓你更加瞭解我的抱負和願望。我們是同學，所以，我也就不和你轉彎抹角了。」他隨即又對我說道。

我點頭，不過心裏頓時失望了幾分，因為他的話告訴了我，接下來並不一定有什麼好戲可看。但是我相信，他今天叫我來，肯定是有目的的。

十分鐘後，龍縣長到了，胖胖的、容光煥發的一位中年男人。

康得茂把我介紹給了他，「這是我同學，醫科大學附屬醫院的馮教授。」

龍縣長滿臉笑容，聲音也很洪亮，「幸會啊，今後我身體有什麼問題的話，肯定會麻煩你的。康秘，今天你太客氣了，不但在這裏宴請我們，還把馮教授介紹給我們認識。太感謝了。」

我發現自己很喜歡他這樣豪爽的性格，頓時覺得他的素質就是不一樣，於是客氣地說道：「龍縣長，你是我家鄉的父母官，我一定盡心盡力替你服務。」

康得茂猛然地大笑了起來，「龍縣長，你千萬不要找他看病。如果今後你龍體欠安的話，讓他替你聯繫一位專家倒是可以的。」

「這是為什麼？他本身不就是專家嗎？難道他是婦產科的教授不成？」龍縣長愕然地問。

康得茂笑道：「龍縣長真是厲害，一下就說準了。」

「還真是婦產科教授？哈哈！馮老弟真厲害。」龍縣長朝我豎起了大拇指。

所有的人都大笑。

我也笑，並不覺得康得茂帶有惡意。

接下來，康得茂安排吃飯的座位。他讓龍縣長坐他的右側，左側是兩位副縣長。然後，讓我挨著龍縣長坐下，其次才是那幾位局長。

服務員給我們倒上了酒，是五糧液。

接下來，康得茂舉杯說道：「今天我很高興能夠邀請到家鄉的幾位領導一起喝頓酒，每次回到家鄉的時候，你們都是那麼熱情地接待我，我康得茂感激不盡。本來，今天應該由我同學馮笑坐這個位置的，因為他才最有資格。但是，我想到各位領導對他還不熟悉，所以，我暫時來當個主人。下次吧，下次由他來召集大家好了。」

「哦？這是為什麼？」龍縣長詫異地問道。

「我提議大家喝下這杯酒，喝完後我再解釋。」康得茂說。

「這可不行。康秘，你這樣會讓我們失禮的。」龍縣長笑道。

「是這樣的，馮笑和我是同學，而且，還是我的大媒人。你們想想，如果沒有他的話，我現在豈不還是一個單身漢？這個人的事情都沒有解決，如何讓我安心工作？」康得茂笑著說。

「哈哈！有道理！」龍縣長大笑。

我當然知道康得茂的話另有深意，而且，肯定還有下文，所以，我只是淡淡地笑了笑，然後和大家一起將酒喝下。

「馮笑，我們倆分別去敬我們家鄉的領導吧。我從龍縣長這裏敬起走，你先敬兩位副縣長。」接下來康得茂對我說。

我頷首答應。

敬酒的規矩我還是懂的，像這樣的場合，我應該站起來走到客人的右邊去站著，一一地敬。所以，我即刻端起酒杯，去到了康得茂的左側，敬那位副縣長。

他沒有站起來，不過，還是很客氣。

隨即，我去敬下一位副縣長，他也依然如此。

讓我想不到的是，那幾位局長竟然也是這樣傲慢地坐著和我喝酒，特別是那位廣電局長，他連看都沒看我一眼就開始喝酒了。

我喝完後，發現他的杯子裏竟然還有大半杯。

我不禁有些生氣，但忽然發現康得茂在朝我微微搖頭，頓時想起他前面對我叮囑的那些話來，於是，只好強迫忍住了。

這一圈，我最後去敬的龍縣長。讓我感動不已的是，他竟然即刻站了起來。

「龍縣長，您是我的父母官，我真誠地敬您一杯。希望您今後經常到我們這裏來作客。得茂和我是老同學，他認的朋友，就是我的朋友。」我說。

「好，你的這句話我愛聽。謝謝你。」龍縣長大笑，隨即豪爽地喝下。

我也喝了。

接下來，康得茂說：「龍縣長，各位領導，剛才我只是介紹了我這位老同學和我之間的一部分關係。實話告訴你們吧，我這個省長秘書的位置還是他讓給我的。」

桌上頓時出現一片驚訝聲。

龍縣長更是一副驚訝的表情，「真的？他不是醫生嗎？」

「是這樣，最開始黃省長可是看上了他，結果被他拒絕了。還是他向黃省長推薦了我呢。不然的話，我哪裏會有今天？」康得茂笑著說。

說實話，直到這時候，我的心裏才覺得暖呼呼的了。

現在我才發現，被別人輕視竟然是一件如此難以忍受的事情。

龍縣長來看我，「馮教授，康秘說的是真的？」

我淡淡地笑，「主要還是他自己比較優秀。我這個人不是當秘書的料，更不是當官的料。」

「看不出來啊，我們馮教授年紀輕輕的，竟然還有如此大的能量，今天真是幸會。馮老弟，你這麼年輕就當教授了，我說呢，你肯定不是一般的人物。來，我敬老弟一杯，希望你從今以後，能夠認我這個朋友。」龍縣長即刻舉杯對我說道。

「非常榮幸。」我說，隨即和他乾杯。

其他的人蠢蠢欲動，康得茂卻繼續地道，「我還沒有介紹完呢。」

「康秘，你這不是害我們嗎？馮教授這麼大的來頭，你怎麼開始不介紹清楚呢？」兩位副縣長都笑著說道。

我發現那幾位局長都在朝我笑，臉上帶著諂媚。特別是那位廣電局局長，他竟然完全變了一副面孔，諂媚的眼神中，還有一種熱切。

「就是，康老弟，你不夠厚道。」龍縣長也笑著說。

「主要是我這位同學平常比較低調。要不是剛才這幾杯酒下去的話，可能我還會繼續替他保密的。」康得茂說。

這時候，我知道自己該說話了，「這傢伙就是這樣，我就一個小醫生，他總是喜歡誇大其詞。」

康得茂笑道：「你別打岔。龍縣長，說實話，在我所有的同學中，我最佩服的就是馮笑了。他不但是我們江南首富、江南集團林董事長的女婿，而且還是黃省長非常器重的人呢。雖然我才當上黃省長的秘書不久，但是，卻已經不止一次聽到黃省長在我面前表揚他了。可惜的是，他不願意從政，不然的話，他的前途真是不可限量。不過，他現在也算是很厲害的人了，年紀輕輕就是專家了，還是醫科大學附屬醫院的科室主任，馬上就是碩士生導師了。龍縣長，他才是我們家鄉真正的驕傲呢。」

開始的時候，聽到康得茂讚揚我，我心裏還很高興，但是現在，我卻感到有些無地自容了。因為我並不覺得自己有他說的那麼厲害。

「江南集團？馮老弟竟然還有這樣一個身分？」龍縣長滿臉的詫異，隨即端杯對我說道：「真是真人不露相啊。太好了，馮老弟，你可要記住家鄉哦，我們那裏的發展還需要你今後多多支持才是。」

我有些尷尬，但卻不能表現出來，只好朝他笑著說道：「只要您有什麼吩咐，一聲令下，我一定盡力做到。」

康得茂在旁邊煽風點火，「龍縣長，我這位同學可有個優點，答應了的事情，就一定會想辦法辦到的。」

「太好了！馮老弟，明天晚上有空嗎？我想請你吃頓飯。」龍縣長大喜。

我暗暗責怪康得茂多事，不過，事已至此也就不好拒絕了，「龍縣長，您是我家鄉的父母官，這樣吧，明天我請您。」

「對，讓他請客。龍縣長，我這位同學也是一位小財主呢。」康得茂說。

我真想踢他一腳，因為我覺得他已經有些過分了，而且，過分得不像從前的他了。

難道他當了省領導的秘書後，就變得冒失了？不應該的啊？

想到這裏，我急忙說道：「龍縣長，就這樣定了。如果不讓我請客的話，那我明天可能就有其他安排了。」

「好。那我先謝謝你了。太好了，康老弟，你也陪這一杯酒。謝謝你介紹馮老弟讓我們認識啊，哈哈！我心裏正著急呢，這下好了，我們縣的事情看來可以解決了。」龍縣長高興地道。

我們三個人喝下了杯中的酒，隨即，我問龍縣長道：「龍縣長，什麼事情啊？

讓你這麼著急？」

「現在不談工作，明天晚上慢慢談。今天我可是專門請各位領導來喝酒的。」康得茂即刻地說道。

「對，明天我們慢慢談。」龍縣長也急忙地道。

接下來，情況發生了根本性的變化。兩位副縣長，還有那幾位局長，竟然都親自走到我身後來敬我的酒。

我當然不會表現得那麼沒素質，於是站起來一一去和他們喝下。

即使對那位廣電局長，我也依然那麼客氣。

我發現，對不尊重自己的人客氣，會讓自己更有一種高高在上的感覺，因為原諒對方，其實也是一種賜予。

這頓酒喝得所有的人都興高采烈的。康得茂並沒有結賬，只是在帳單上面簽了字。

龍縣長看他的眼神都不一樣了。

其實我也有同樣的感覺，因為我也感覺到，康得茂在省政府裏面可不是一般的有地位。至少他簽字的舉動，讓我有了這樣的感受。

到樓下後，我還是主動去和他們握手道別，除了三位縣長之外，其他的人在與我握手的時候，都朝我彎下了腰。

我上了自己的車，發現他們看我的眼神更不一樣了。我知道他們現在的眼神是對我這輛車來的。

現在我才真切地感覺到了康得茂對我說的那句話：這些官員真的很有意思。

將車開出去不遠，就接到了康得茂的電話，「我們喝啤酒去。」

「還喝啊？」我問道，這才明白他是故意讓我開車先離開，目的是為了讓我顯擺。

「還沒談正事呢。不然，你明天晚上的客豈不是要白請？」他笑道。

我大笑，「我就知道你傢伙另有打算。好，我現在這地方就有一處大排檔，你快點過來吧。」

「不，你馬上回來，還是剛才那個雅間。我已經讓服務員重新上了幾樣下酒的菜。這裏談事情安全。」他說。

我想也是，同時也意識到，他即將和我談的事情肯定非同小可。

再次回到那間雅室，就我們兩個人。桌上前面的菜早已經收走了，現在擺放的是幾樣精緻的涼菜和炒素菜，還有啤酒。

「說吧，你傢伙，今天真是讓我開了眼界了。哈哈！」我朝他舉杯，同時大笑。

「這就是官員。不管是小地方還是我們省城的，都是這樣。說一句難聽的話，這就叫做狗眼看人低。馮笑，你知道我今天為什麼要讓你看到這一幕嗎？」他說。

「你不是說了嗎？讓我瞭解什麼是官員，同時也讓我更加瞭解你。」我回答說，「得茂，我現在真的瞭解你了，希望你今後與他們不一樣。」

他搖頭，「一個人的力量是很有限的，也許我最終會失敗。但是我想，如果給我一個地方，我一定會盡力改變那個地方的官場風氣的。也許我還是太理想化了，但是，我願意為了這個去犧牲我自己。」

「是啊，現在的官場怎麼會變成了這個樣子呢？你看看今天那幾位局長，不就是科級幹部嗎？這麼傲慢！你說得對啊，想讓這樣的人去為老百姓服務，怎麼可能啊？不過，龍縣長還不錯，他很平易近人，竟然在自己的部屬面前，和你我稱兄道弟！」我說。

「他在我們家鄉官聲很好。」他點頭道，「不過，他依然有著和那些人一樣的官場脾氣。不過，他的素質可要好多了。一開始他是看在我的面上才對你那麼客氣，後來，也是他最先感覺到我對你態度的不同，所以，才一直對你那麼客氣。說到底，他就是個聰明人。你想想，他今年才剛剛四十歲，就當上一個地方政府的第一把手了，這絕不是什麼偶然的事情。馮笑，現在的官場雖然需要有背景，但是有一點你不得不承認，那些級別很高的官員，可都是這個世界上最聰明的人呢。」

我點頭，「那倒是。能夠坐到那個位置，而且還能夠坐穩，這本身就需要高出常人的智慧和忍耐力才行。」

「還不僅僅這樣。馮笑，最近我聽到官場裏面有人說了一句話，非常有道理。」他隨即說道。

「哦？你說說。」我的好奇心頓起。

「最聰明的官員要像坐飛機一樣，不管他飛得多高，飛得多遠，最重要的是要能夠平安著陸。你看最近被處理的那幾位高級領導，雖然都曾展翅高飛，但最終卻都身陷囹圄，這可就不該是聰明人所為了。」他說。

我深以為然，連連點頭道：「有道理。」

猛然地，我覺得他今天似乎和往常不大一樣，便問道，「得茂，你今天究竟是怎麼啦？怎麼忽然想起叫我來吃這頓飯，還告訴我這麼多的事情？」

「聰明！」他大笑著朝我豎起了大拇指，「馮笑，雖然你一直不願意從政，但是我覺得，你很可惜的。雖然我們是中學同學，但那時候，我們互相之間並不十分瞭解。但是，自從我們在省城見面後，我發現自己慢慢對你有了充分的瞭解了。我覺得，你這個人本質很不錯，對人熱心，心地善良，雖然喜歡女人，呵呵！我也是男人，哪個男人不喜歡女人呢？這不是什麼要命的錯誤。官員出問題，其實並不是出在女人上面，而是常常被其他問題順帶牽扯出作風問題。準確地講，紀委根本就不會因為你有單純的作風問題而來查辦你。除非你在這方面做得太過分了。所以，馮笑，我覺得你還是應該重新考慮一下是否從政的問題。前面我們不是說過了嗎？要改變官場的某些壞習氣，靠某個人的力量根本就做不到，這就需要很多人一起來共同努力。

「今天你已經看到了，也感受到了我們某些官員是如何看不起一般老百姓的。我今天這樣做的目的，也是想讓你真切感受一下。我想，今天晚上你心裏肯定很不高興是吧？但是，你想過其他的那些老百姓沒有？他們在官員面前，可是長期處於你那種感受之下的。他們能怎麼辦呢？他們根本就不可能像你後來那樣被他們尊重，時間長了，老百姓就變成了奴隸一樣的心態了。這才是當老百姓的最大悲哀啊。馮笑，難道你不想改變這種狀況嗎？」

我不得不承認，他的話對我的觸動很大，因為我已經真切地感受到那種被輕視的痛苦了，但是，我的想法和他不一樣，於是我搖頭道：「我沒有這個能力去改變什麼，而且，我也知道，像你這樣的好官員並不多。但是，我沒有你那麼大的理想，我只想當好一個醫生，如果能夠多多治病救人，就已經是我最大的理想了。」

他歎息，「馮笑，你看看我們現在，物價漲了不是新聞，房價跌了才是新聞；貪官腐敗不是新聞，廉潔奉公才是新聞；食品有毒不是新聞，食品無毒才是新聞；敷衍塞責不是新聞，敢於擔當才是新聞；電視裏的不是新聞，電視外的才是新聞。還有，誰用腦最多？領導和神經病。誰講話最多？領導和瘋子。誰接受鞠躬最多？領導和死人。誰老婆最閑？領導和犯人。」

我也歎息，「得茂，我不是不知道這些。但是，我沒有你這樣的勇氣。說實話，我真的很佩服你有這樣的理想和勇氣。但是，我很擔心，因為我知道，像你這樣有勇氣和理想的官員並不止你一個，不過，似乎他們的結局都不怎麼好。所以，我只想平平安安、快快樂樂地度過自己的這一生。」

他看著我搖頭道：「也罷，每個人有自己不同的想法，我也就不多說了。明天晚上的事情，你可要準備好。你不是才成立了自己的公司嗎？我們家鄉可有你發財的好機會。」

「是嗎？我說呢。哈哈！你傢伙還真有心。」我大笑道。

「我們家鄉馬上也要搞舊城改造，設計方案都已經出來了。龍縣長這次到省裏來，就是為了招商引資的。」他說。

我很詫異，「既然有錢賺，為什麼還要招商引資啊？我不相信我們家鄉的官員都那麼廉潔。你看今天那兩位副縣長，還有那幾位局長，一看就不是什麼好東西。」

他笑道：「你說的很有道理。但是，你並不瞭解舊城改造裏面的具體問題。我們家鄉是貧困縣，最缺乏的就是資金。當地的老闆根本就拿不出那麼多錢去搞那樣的專案，而且，他們對舊城改造究竟賺不賺錢也缺乏充分的認識。所以，他們到省城來招商引資的效果並不好，因為這裏的老闆根本就看不上我們家鄉那樣的地方，所以，根本不會把錢投在那裏。所以，我覺得這才是你最好的機會。」

「是嗎？」我笑道，隨即去看著他，「得茂，你怎麼能夠說是我的機會呢？應該是我們的機會才對。」

「你這樣說也行。不過，你最好和你岳父商量一下，如果能夠得到他的支持，這件事情就一定能夠成的。你想想，現在大家都沒有去做那樣專案的經驗，而你已經初步嘗到了舊城改造的甜頭，所以，對於事情的預期，你心裏還是應該有數的。如果我們家鄉舊城改造的專案能夠被你一個人拿下的話，那會是一種什麼樣的結果呢？馮笑，我告訴你，那我們可就發啦。」他笑著對我說。

「你算過沒有？一共需要投入多少資金？」我問道。

「如果從總的投入計算的話，起碼二十來個億吧。不過，具體操作的話，並不需要那麼多。專案前期肯定需要總投入的百分之十去啟動，也就是兩個億左右。只要前期啟動了，馬上就可以用專案或者土地向銀行貸款了，而且，有的專案還可以分期實施，滾動式開發。這樣的方式我不說你也明白。現在的問題是，一般人拿不出這兩個億的前期投資。所以，這就是我們的機會。」他說。

「縣裏為什麼不像你們以前那樣？把專案分成許多個進行操作？」我問道。

「我說了，我們家鄉很貧困，而且，有錢的老闆對這個專案的未來心懷疑慮。所以，他們都不願意投資進去。更主要的原因是，龍縣長他們很有超前意識，希望能夠把縣城建設成在未來二十年都不落後的現代化中小型城市。所以，他最大的希望是能夠由一家公司把這個專案接下來。這樣，才會在今後完全按照現有的規劃實施建設下去。

「如果分成很多小塊的話，這個目標很難達到。還有就是，我們家鄉畢竟比較偏僻，不會有那麼大的官場壓力。當然，今後你的公司也可能會遇到當地官場勢力的要脅，不過，處理起來就簡單多了。到時候，你讓那些官員的親戚去做幾個工程就是了。反正那樣的事情也要人做的嘛。」他說。

我點頭，隨即看著他，問道：「得茂，我問你一個問題，你不要見怪啊？」

他笑道：「我知道你想要問我什麼問題。你是不是覺得我前面在說大話、喊口號？你是不是覺得，既然我想要改變目前官場的某些陋習，為什麼又要去賺取這些錢、甚至還有通過權力去賺錢的嫌疑？」

我點頭，「得茂，你太聰明啦。不錯，這正是我想問你的。」

他笑道：「你別表揚我，我還不知道你是怎麼想的？我們可是好朋友啊。其實說到底，我們都是那種比較單純的人，只不過我經受過的東西多一些罷了。畢竟，我身處官場，不得不在什麼事情上都多一個心眼。你卻不一樣，想到什麼就說什麼，所以，你的想法更好猜測一些。這個問題其實很簡單。第一，我希望我們的家鄉變得更漂亮，而舊城改造是必需的途徑。第二，我前面已經講過了，這件事情非你不可。第三，既然別人去做是為了賺錢，那麼，你我去賺這筆錢，又有何不可呢？而且，我的本意是從建設家鄉的角度出發。第四，現在這個社會，一個人要不斷進步需要的是什麼？是金錢，還有個人的背景和能力。而金錢在其中的作用，尤其重要。第五，我這個人，以前家裏非常困難，所以，我最能夠懂得窮人的痛苦。雖然我也明白授人以魚和授人以漁的區別，但是我更知道，有時候，直接給那些最需要錢的人以支持，才是最重要的。馮笑，實話告訴你吧，我現在暗地裏幫助一百多個貧困學生上學，每學期都給他們學雜費書本費什麼的。不過，我還希望自己能夠幫助更多的人。這件事情，請你一定要替我保密。我不想被人認為自己太有錢了。我是官員，是黃省長的秘書，如果被人知道我很有錢的話，並不是什麼好事情，希望你能夠理解。」

我頓時驚訝，同時也很感動，「得茂，你可比我高尚多了。今後，我也要去做這樣的事情。」

「最好是暗地裏去做。今後，你可以委託一個人幫你去做這樣的事情。按照迷信的說法，這可是積陰德的好事。呵呵！你說是不是？」他笑道。

我點頭。

「明天晚上，你最好與龍縣長好好談談。不過我覺得，你應該先去和你岳父商量一下，畢竟你手上的資金有限。」他說。

我點頭，「這是必須的。」

我們相談甚歡，結果，我和他都喝得大醉而歸。

康得茂和我都沒有開車回家，他告訴我說安全第一，讓我明天一早到這裏來開車。

第二章

女孩子的第一次

我把自己給了你，這是我自願的，也是心甘情願的。
馮笑，你知道一個女孩子的第一次是多麼的重要，
我把自己的第一次給了你，在我的心裏，
也就把我自己的未來交給了你。

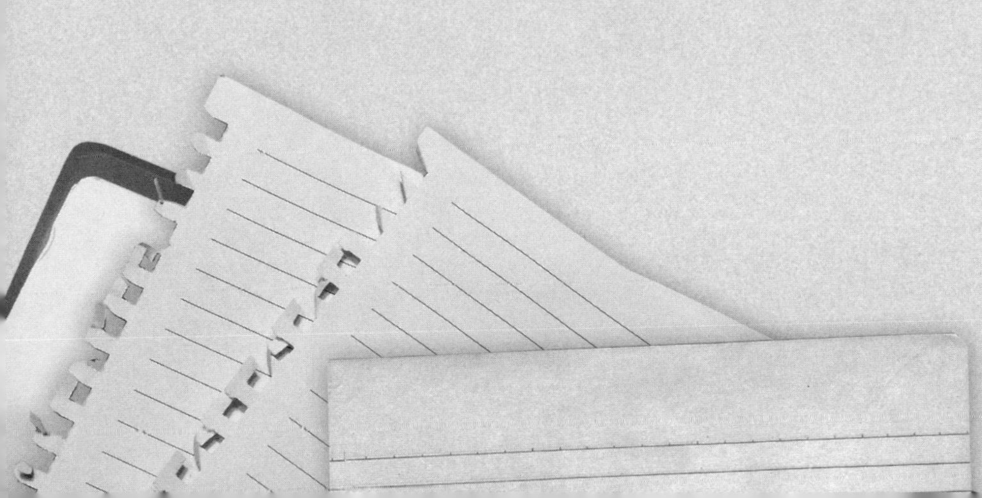

回到家裏後，我直接進了臥室，發現孩子不在。我估計孩子可能是在保姆或者阿珠那裏。洗完澡後，我想到自己的酒味可能會影響到陳圓，隨即去到了蘇華曾經住的那個房間。

躺下後就睡著了，但是，半夜的時候，我忽然醒了過來，因為我感覺到，好像有個人正睡在我身旁，而且，這個人的手正在我的胯間。

我的第一感覺就是蘇華回來了，於是，我問道，「你什麼時候回來的？」

她沒有回答，可是我的激情已經被她撩撥起來了，隨即三兩下就剝掉了她的衣褲，然後，翻身而上，猛然地準備進入……

可是，我忽然感覺遇到了阻力，正詫異間，卻感覺到自己已經進入了，與此同時，我猛然聽見自己身下發出了一聲輕呼，痛苦的輕呼。

我頓時汗流滿背：身下竟然是阿珠！

難道自己聽錯了？出現幻覺了？

我急忙打開燈，眼前就是那張熟悉的、漂亮的臉龐。

真的是她……

我眼前的她閉著眼睛，淚水正在往外流淌。

我急忙從她的身體裏面抽出來，發現她的胯間血糊糊的一片。
「阿珠，你這是何苦？」我喃喃地對她說，心裏悔恨萬分。
她是我人生中遇到的第一個處女，但卻沒有讓我感到一絲的興奮和激動，唯有自責和悔恨。
她猛然地睜開了眼，淚眼婆娑地看著我，「馮笑，我已經是你的人了，愛我……」
我搖頭，「阿珠，我對不起你，你為什麼要這樣？」
「馮笑，你太苦了，太可憐了。你需要女人，知道嗎？這是我唯一能夠給你的東西。你為我做了那麼多，我唯一能夠報答你的，就是我的身體了。馮笑，你別自責，都是我自己願意的。我想過了，自己遲早是要成為真正的女人的，我願意把自己給你。來吧，你已經開始了，我還沒有感受到做女人的樂趣呢。現在只感覺到痛。馮笑，來吧……」她對我說道，忽然笑了，笑臉上全是晶瑩的淚珠。
我的激情早已經消退，心裏依然不能接受這個事實，因為我的腦海裏，早已經浮現起導師責怪的面容，還有蘇華鄙夷的表情。
「不，我不能。」我說著，隨即準備去拿自己的衣服。
「別……馮笑，難道你忍心就這樣丟下我嗎？這可是我的第一次啊，難道你要讓我的第一次只有痛苦、沒有快樂嗎？你知不知道，第一次對女人的一生有多麼重要？」她卻即刻伸出白藕似的雙臂將我抱住了，她的唇在我臉上摩挲著，如泣如訴地在對我說著。

她的力量，再加上我的猶豫，讓我的身體頓時傾倒在了床上。

她緊緊將我抱住，嘴唇也來到了我的臉上，她在對我說：「馮笑，我現在是你的阿珠了，我是你的妹妹，以前我什麼都不懂，從現在開始，你教我好嗎？從教我做愛開始。」

我不得不承認，她的話對我的肉體和我的靈魂，都有著強大的誘惑力，我情不自禁地將她擁抱，身體裏面的血液開始在滾燙沸騰，她的身體也滾燙得厲害，她在發出令人銷魂的婉轉呻吟。

我親吻了她的唇，然後，緩緩地與她唇舌交融，頓時感覺到她的舌小巧而柔嫩，馨香無比。

她的身體緊緊依偎在我的懷裏，如同小貓一樣的溫順。

我輕輕地將她摟住，手指在她的肩上輕柔地撫摸，她的秀髮在我的臉上，隨著我的呼吸而飄忽。

房間裏面一片寧靜。但是我知道，現在的她，如同我一樣心緒複雜。

就這樣，我們一直依偎在一起，幾次我都想對她說，我要回臥室去，但是都猶豫著，沒能說出口。

我實在擔心明天一早被保姆發現我們睡在一起的事實。

就這樣靜靜地躺著，房間裏面越來越靜，靜得可以聽見我們互相之間呼吸的此起彼伏。

不知道在什麼時候，我睡著了。

不知道在什麼時候，我霍然驚醒。

然而，我的身旁早已經沒有了她的蹤影。我長長地舒了一口氣，隨即卻是內疚。看了看時間，還早。但是再也難以入眠。

我就這樣一直躺在床上，一直等到客廳裏傳來了腳步聲後，才慢慢地起床。保姆做好了早餐，卻沒有看見阿珠起床。

「我去叫她。」保姆對我說。

我急忙地道：「我去吧。」

我不想讓保姆知道阿珠現在的狀況。我是婦產科醫生，知道女人在剛剛經歷第一次後會有疼痛感。其中的道理很簡單，就是傷口需要癒合。

我在阿珠的門外敲門，同時在叫她：「阿珠，快起來吃早飯吧，今天你還要上班呢。」

隨即聽到阿珠在裏面說：「我已經給主任發簡訊了，今天我請假。」

「哦。」我說，正準備轉身而去，忽然覺得自己還應該多和她說說話，畢竟自己昨天晚上才幹了不該幹的事情，「阿珠，你開開門，我想進來和你說說話。」

「不要，你先去吃吧，我馬上起床。」她說。

我不好再說什麼，不過心裏已經放心多了，隨即去吃飯。

剛剛坐下，阿珠就出來了，她身穿睡衣，蓬頭散髮，「給我留一點就是，我去洗臉。」

「你不是說請假了嗎？」我問她道。

本來我很惶恐的，但現在卻發現，我和她之間竟然是如此的自然。

男人和女人之間就是這樣，只要突破了那一層阻隔，雙方的關係就會發生質的變化。

我不得不承認，自己現在對阿珠有了一種完全不同的感覺，這種感覺和我與其他任何女人都不一樣，因為阿珠是完整的，而且，我信任她。

不過，我還是有些許的遺憾，因為我突破她，是在一種不自覺的狀態下。當時，我真的以為她是蘇華。

「馮笑，你今天有空嗎？陪我去逛街可以嗎？」她卻隨即問我道。

本來我今天是安排好去見林易的，但聽她這樣說，我也不好拒絕，於是我對她說道：「好，我陪你去。」

她頓時高興起來，一下子坐在了椅子上，「阿姨，麻煩你給我添一碗稀飯。」

「去洗手，洗臉。」我即刻對她說道。

「我吃完了去洗。」她噘嘴道。

本來我想讓步的，但是醫生的本性卻讓我必須堅持，「阿珠，你睡了一晚上，細菌全部在口腔和手上。你這樣吃飯很不衛生。去洗吧，我等你一起吃。」

「你像老太婆一樣嘮叨。」她不滿地道，隨即起身去了洗漱間。

保姆笑了笑，隨後對我說：「姑爺，我去買菜了。」

我朝她點頭，特別留意她的神色，發現她很自然。

我心裏頓時欣喜：看來她並不知道昨天晚上所發生過的一切。

保姆出去了，阿珠很快就出來了，我發現她的臉色似乎比以前紅潤了許多，頭髮也變得有了光澤。

「你看我什麼？」她問我道，臉頓時變得通紅。

「阿珠，你比以前更漂亮了。」我歎息道。

「我也覺得自己的臉色好多了。」她說，「聽說……算了，你知道我要說什麼，是不是那樣啊？」

我點頭，「是那樣。阿珠，你坐過來，我看看你。」

「看我什麼？」她很扭捏的樣子，不過還是坐到了我身旁來。

我去看她的眉毛，頓時笑了起來，「果然如此。」

「什麼嘛，你告訴我。」她說。

「你的頭髮變得有光澤了，臉上腮邊也有了紅暈。」我笑著說道。

「馮笑，我昨天晚上覺得好舒服，我以前根本就想不到這樣的事情這麼好玩。」她隨即輕聲地對我說了一句。

我心裏頓時一蕩，「阿珠……」

「趁保姆不在，我們再去做一次好不好？」她對我說，臉上紅得更厲害了。

我心情頓時激蕩起來，雙眼深情地看著她，她伸出手來拉我，我正準備站起來的時候，卻忽然聽到臥室裏傳來了孩子的大哭聲。

昨天晚上孩子在保姆的房間裏，早上她才將孩子抱回到臥室。

我身體裏正在流淌著的激情驟然消失，急忙站起來朝臥室裏跑去。

孩子尿了。給他換完了紙尿褲後，給他餵了牛奶。然後，打了一瓶熱水去給陳圓揩拭身體。我的內心很內疚，因為現在我才想起，自己再一次背叛了她。

阿珠進來了，她對我說：「馮笑，我來吧。」

我搖頭，「不，你出去。」

她應該知道我現在這種複雜的心緒，但她卻一直站在我身旁，看著我做完了一切。隨即，我給陳圓掛上了輸液瓶。

請的人今天就要來了，但我卻想自己做完所有的事情。我知道自己這是為了贖罪，但同時也明白，這樣的贖罪毫無意義。

「馮笑，你這樣，我看著好難受。」當我給陳圓揩拭完了身體，替她換上乾淨的內衣褲之後，阿珠對我說道。

「我背叛她已經很不對了，現在，我唯一能夠做到的，就是這樣服侍她一輩子。可是我還經常讓別人代勞。唉！」我歎息著說。

她轉身出去了，孩子已經吃完了牛奶，正伸出雙手朝我搖晃。

我去將他抱了起來，然後去到陳圓的面前。

我對孩子說：「叫，叫媽媽。」

孩子當然不會叫，他什麼都不懂，只是用他的雙眼骨碌碌看著病床上的陳圓。

我的心在哀歎，隨即將孩子抱到了客廳。

阿珠過來對我說：「馮笑，我現在才發現，我也很愧對你的妻子。以前，我從來沒有這樣的感覺。所以，我想還是搬出去的好。」

「你準備搬到什麼地方去？」我問道。

「馮笑，你要不要我？如果你要我的話，我就一輩子當你的情人，從此以後，再也不去找男朋友了。」她說。

我搖頭，「阿珠，你別這樣。昨晚的事，我直到現在都還很後悔。你媽媽的日記你是看過的，她真的很有先見之明。阿珠，我不能害了你一生。」

「那是我自願的，這件事情和你一點關係都沒有。我把自己給了你，這是我自願的，也是心甘情願的。馮笑，你知道一個女孩子的第一次是多麼的重要，我把自己的第一次給了你，在我的心裏，也就把我自己的未來交給了你。

「可是，剛才我看到你細心給你老婆揩拭身體，然後給她換衣服的情景，才猛然感覺到自己錯了。因為我忽然想起陳圓也是女人。於是我就想，如果還有其他的女人也和你有那樣關係的話，我是不是可以接受，結果是，我不能接受這樣的事情。

「馮笑，如果你要我的話，我願意就這樣陪你一輩子，也願意和你一起照顧你的妻子，甚至還願意為你生孩子。但是，我絕不能同意你再去找其他的女人。

「你現在就回答我吧，如果你不想和我在一起的話，我馬上就搬出去住。」她說，說了很多的話，雖然中間她的思緒有些混亂，但她的意思我卻聽得清清楚楚。

「阿珠……」我一時間不知道該如何回答她。

「你可以暫時不回答我，想好了再回答我也行。」她說道，雙眼緊緊地看著我。

「阿珠，你知道我是有妻子的人，我不能這樣耽誤你一輩子。你把你的第一次給了我，這讓我既感動又羞愧，同時還很自責。阿珠，我覺得自己很混賬。」我不想猶豫，即刻地回答她道。

「你的意思我明白了，行，我儘快去找到一處住的地方，儘快搬走。」她說，眼角在流淚。

「阿珠，你可以不搬走的。你完全可以一直住在這裏。只不過，我們今後最好不要再做那樣的事情了。陳圓在家裏，我總覺得她會聽得見，她能感覺得到家裏發生的一切。還有，你住在這裏，可以隨時吃到熱菜熱飯，這對你的生活也很有好處。」我急忙說道。

現在我才發現，自己的內心竟然是如此的猶豫和難以抉擇。

「你以前的房子現在沒人住吧？要不，我去那裏住可以嗎？」她隨即問我道。

我一怔，隨即搖頭道：「阿珠，那裏不行。那裏是我前妻的房子，雖然從法律的角度上講，現在是屬於我的，但是，我不希望你進去住。阿珠，請你理解。」

「你就讓那地方空著？」她問我道。

「今後有時間的話，我想去見見我前妻的父母，然後，把那房子給他們。」我說，心裏頓時想起自己到現在都還沒去辦這件事，頓時覺得自己很是愧對趙夢蕾。

她即刻不說話了。

我看著她滿臉悽楚的表情，心裏很是過意不去，忽然想起了一件事情來，「阿珠，這樣吧，你去我那套別墅裏住。那裏反正沒有人住的，也是一直空著的。」

「你還有別墅？」她詫異地看著我。

我點頭，「才裝修好沒多久。」

「那你今後會不會來看我？」她問我道。

「會的。」我說，「不過，你應該去尋找自己的生活，我真的不能耽誤你。不然的話，我真的對不起你父母的在天之靈了。」

「馮笑，我還想問你一句話。不過，這句話我問出來了，你千萬不要生氣。」她說。

「你問吧，我什麼時候真正生過你的氣呢？」我苦笑著搖頭道。

「我想問你，假如，馮笑，我說的是假如，因為我知道，長期處於昏迷狀態的人是活不了多久的，所以……」她隨即說道。

我頓時明白她想要說的是什麼了，即刻打斷了她的話，「阿珠！我不想聽你這樣的假如！」

「不，我要說，我要問你。」她倔強地道，「假如真的有那一天的話，你願意娶我嗎？」

「阿珠，你不要逼我回答你這樣的問題。你想想，假如你是我的話，會怎麼辦？」我說，即刻抱著孩子進了臥室。

孩子已經睡著了，我輕輕地把他放到了小床裏，隨即去到了陳圓的面前。

我輕聲地問她：「陳圓，難道你真的就不能醒來了嗎？」

她依然悄無聲息。

我看著她默默流淚。我相信，沒有人能夠真正體會我這一刻內心深處的悲苦。

我也不知道自己在臥室裏待了多久，甚至連保姆回來我都不知道。後來，我聽到客廳裏傳來了一個陌生人的聲音，才清醒了過來。

這是一位頭髮花白的老太太，不過看上去很精神，氣質也很優雅。她介紹自己說她是我們醫院離退休處處長的岳母。

我發現自己認識她，因為當時我本科實習的時候，她帶過我的內科學。

我很客氣地給她泡了一杯茶，然後，把每天要做的事情交代給了她。

她一直在認真地聽，臉上也一直是微笑，「很簡單，你放心吧。」

「您曾是我的老師呢。真不好意思，現在還讓您來幫我的忙。」我歉意地道。

她笑著對我說：「小馮，你別那樣講，我可是到你這裏來打工的，應該是我謝謝你。」

我覺得繼續這樣客氣下去，就沒有什麼意思了，於是向保姆交代每天中午要多做一個人飯菜的事情，隨即拿出六千塊錢來，朝這位自己曾經的老師遞了過去。

「我還沒做呢，下個月結賬吧。」她很不好意思地道。

「您是我老師，我當然相信你了。」我說。

有一點我非常相信：有些事情雖然是小事情，但起到的作用可能會很大。比如我現在的這個做法，我相信很快就會傳到那位離退休處處長的耳朵裏去。這樣一來，醫院裏的人對我的口碑就會特別的好。反正要給錢，何必要拖延到最後呢？

安頓好家裏的事情後，我去到阿珠的房門前，輕輕敲門，「阿珠，你不是說要去逛街嗎？」

可是，讓我感到詫異的是，房間裏竟然沒有人回答。

我急忙去推門，更加詫異了，裏面竟然真的沒有人！

我急忙跑了出去，問保姆道，「阿姨，阿珠呢？」

她搖頭，「我回來的時候就沒看見她了。」

我心裏頓時著急起來，再次跑回到阿珠的房間，我發現她的東西已經沒有了，包括櫃子裏面她的那些衣服。

急忙給她打電話，可是，電話通了後，她卻沒有接聽。我知道她是故意不接我電話的。這時候，我頓時感覺到自己心裏空落落起來：她在的時候，我覺得她是否離開好像無所謂，但是現在我才感覺到，自己對她的離開很不習慣。

在她的房間裏呆立了許久，我忽然想起，還有一種方式可以聯繫上她。

「阿珠，你回來吧，我答應你了。」我給她發了一則簡訊。

隨後，我一直拿著電話癡癡地看著。

起碼過了十分鐘，她才給我回覆了簡訊。簡訊上她對我說：「馮笑，其實之前我就決定離開這座城市了。我用媽媽留下的那筆錢，去辦理了移民。」

我當然不相信她說的是真的，因為我知道，導師不應該有多少錢的。現在，我才完全明白自己心裏空落落的真正原因了。急忙地，我再次給她撥打了過去。

她接聽了，但卻不說話。

我急忙地對著電話說：「阿珠，你在聽是吧？你騙我的是不是？你沒有錢，一個人跑到國外去幹什麼？」

「我有錢。媽媽給我留下了不少，家裏的房子我也賣了。」她終於說話了。

「你騙我。阿珠，你真的要出國也行，但是，我必須給你一筆錢。否則的話，你一個人出去怎麼生活？還有，你剛才在我家裏說的那番話，你還記得嗎？現在我答應你了。你快點回來，我馬上陪你去逛街。阿珠，別要小孩子脾氣了，出國可不是開玩笑的事情。」我急忙地對她道，心裏著急萬分。

「馮笑，本來我確實是想試探你對我的感覺的。包括今天早上我對你說還想再做一次的事情。如果你馬上答應了我的話，我肯定會留下來。馮笑，雖然你答應把你的別墅讓給我住，但是我知道，那樣的話，今後我還是會孤零零一個人。我問你能不能把你以前那套房子讓我住，其實我是想知道，我是不是可以替代你現在妻子的地位。可是你拒絕了我。我很傷心，原來我竟然連你前妻都不如。馮笑，我不要你的錢，我需要的是你的感情。你明白嗎？你這個傻瓜！」她說，隨即在電話裏面大哭了起來。

「阿珠，是我不對！你回來，我們再好好說！」我也情不自禁地對她吼叫起來。

「別說了，我馬上就要把電話扔了，這個號碼也不會再使用了。再見，馮笑。我會記得你的，因為你是我的第一個男人。」電話裏傳來的是她的聲音，卻明顯帶著哭音。

我的大腦裏頓時一片空白，猛然地，我意識到她還沒有掛斷電話，心想，她可能是在等著聽我對她說一句她最想聽到的話，可是，直到現在，我依然發現，自己根本說不出來，於是，我歎息道：「阿珠，隨便你吧，在外面有什麼困難的話，隨時給我打電話。」

電話被她掛斷了，裏面傳來的忙音，頓時把我們阻隔在兩個不同的空間裏面。

我頓時衝動了，即刻再次朝她撥打，同時嘴裏喃喃地在說道：「阿珠，我答應你，今後如果有那種假如的話，我一定娶你……」

可是，我的手機裏傳來的卻是她關機的資訊。

我頹然地躺倒在了她的床上，感覺到身下的被子裏似乎還存留著她的體溫。

猛然地，我似乎想起了什麼，急忙跑出了家門，快速下樓去開車，以我能夠操縱的最快速度，趕往阿珠的家裏。

我拚命地敲門，大聲地叫喊：「阿珠！阿珠！」

門打開了，裏面出現的是一位中年婦女，她滿臉的不悅，問我道：「你找誰？」

我轉身離開。

隨即去到阿珠的科室裏，可是阿珠的主任卻告訴我說，阿珠早就辦好了出國手續。他還對我說：「今天她沒有來上班。昨天晚上七點鐘的時候，她給我發了一則簡訊，告訴我說，可能再也不會來上班了。」

我頹然地離開。

上車後，我忽然地想起了一件事情：好像不對！阿珠不是很喜歡宮一朗嗎？她怎麼可能早就辦好了出國手續了？

這件事情好像不對。我忽然意識到了問題的嚴重性，急忙給童瑤撥打電話，隨即把阿珠出國的事情告訴了她。

童瑤說：「你別著急，我查一下就知道了。」

我靜靜等候她的消息。我給童瑤打這個電話，就是為了證實阿珠是不是真的辦理了出國手續。

半小時後，童瑤給我打來了電話，「她真的辦理了移民加拿大的手續。五天前就辦理好了的。」

我說：「不對！這件事情不對勁！」

隨即，我把阿珠喜歡宮一朗的事情告訴了她，同時又告訴她我與宮一朗談話的內容，最後，我對童瑤說道：「童瑤，你不覺得奇怪嗎？她那麼喜歡宮一朗，怎麼可能在知道這個人真實情況之前，就辦好了出國手續了呢？」

「是啊，好奇怪。」童瑤也說。

「那你可不可以暫時限制她出境？」我急忙地問。

「她是普通公民，我沒有權力限制她的自由。而且，她使用身分證的情況，我也不方便去查詢，因為她並沒有犯罪的嫌疑。還有，我也沒有那樣的查詢許可權。」她說。

我再度陷入了頹然之中。

再次撥打阿珠的電話，但卻依然是處於關機的狀態。

是關機，不是停機。我眼前猛然地一亮，心裏想道：但願她還會繼續使用這個號碼。於是，我給她發了一則簡訊：阿珠，我求求你給我回一個電話，好嗎？我只想問你一件事情。求求你！

可是，她卻一直沒有給我回電。

接下來，我多次撥打她的電話，但卻依然處於關機的狀態。

第三章

官場如同走鋼絲

看看最近出問題的那些民企老闆，
他們哪一個曾經不都是呼風喚雨的角色？
但是，哪一個不是和官員有著扯不清的金錢關係？
官場如走鋼絲，縱有嫻熟的演技，難免出現瞬間的失誤。
在官場上的人一旦出事了，就會牽扯出企業的人，
搞企業的人往往得不到保護，結局更悲慘。

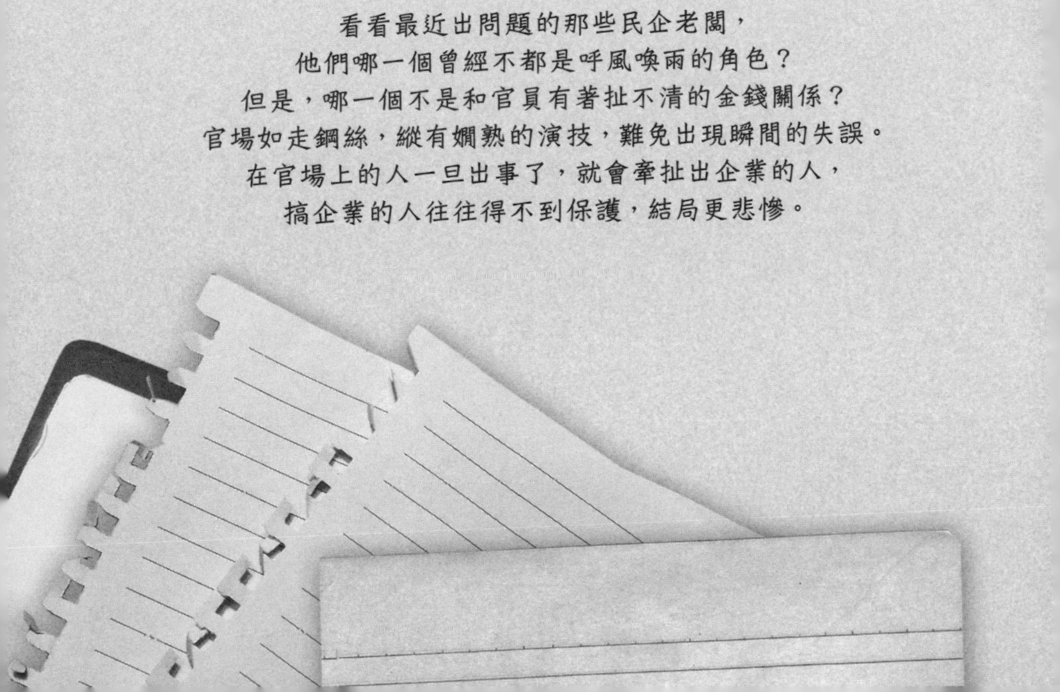

到中午的時候，童瑤又給我打來了電話。

她對我說：「馮笑，你想過沒有？阿珠可能並不是真的喜歡那個宮一朗。也許她是在試探你呢。你妻子現在這個樣子，你在她眼裏可能比較優秀，所以，很可能她真正喜歡的人是你。你告訴我，最近她是不是找你說過什麼話？」

我頓時怔住了，忽然想起一件事情來，「不，我親眼看見她如癡如醉地看著宮一朗彈琴的。不止一次。」

童瑤忽然笑了起來，「馮笑，你怎麼不懂得女孩子的心思啊？也許她是喜歡你，然後，故意在你面前做出喜歡宮一朗的樣子，她是想看看你生不生氣，想知道你是不是真的喜歡她。這種表演對女孩子來講，可是天生就具備的能力呢。馮笑，阿珠喜歡你，是不是這樣？你自己應該最清楚。」

這下，我彷彿什麼都明白了。

「你呀。唉！我也不知道你這件事情做得對不對了，不過，既然你不回答我的話，就說明我的分析是對的。是不是這樣？馮笑，有一點是肯定的，阿珠一定是被你傷透了心。」童瑤繼續在說。

「我有妻子。」我低聲地道。

「所以我才說，連我也不知道你做得對不對了。唉！馮笑，我覺得吧，今後你最好的辦法，是不要讓那些女孩子靠近你。你這人太危險了。」她笑道，隨即又對我說道：「馮笑，很多事情你應該順其自然，既然阿珠決定出國，你就應該尊重她的這個選擇。也許這樣，無論對她還是對你，都是一種解脫呢。」

「也許是吧。」我鬱鬱地道，隨即掛斷了電話。

我去到了科室裏。

現在，我早已經習慣在心情鬱悶的情況下堅持上班了，因為這地方才是我生活的中心。

幸好康得茂給我打來了電話，不然的話，我會完全忘記今天的事情的。

康得茂問了我兩件事情，一是我是否與林易聯繫過了，二是問我今天晚上準備安排什麼地方。

我在心裏歎息：阿珠走了，蘇華走了，莊晴走了，趙夢蕾走了，陳圓一直在沉睡，可生活還得繼續下去。

在給林易打了電話後，我去到了他的公司，隨後，我們兩人就在他公司的飯堂裏面吃了飯。說實話，這裏飯菜的味道很不錯。

我把家鄉舊城改造的事情對他講了，同時，也說了自己的打算。

他聽了後，只對我說了一句話，「我給你兩個億，不過到時候，你要還給我三個億。這是做生意，我把錢借給你，是要擔風險的。如果你虧損了，我找誰去？我們是一家人，難道我還能打你一頓不成？」

我笑著說：「不會虧損的。」

他搖頭道：「難說，雖然專案很不錯，但你沒有具體的操作經驗，況且你是交給孫露露在替你打理公司，這麼大的專案，我擔心她控制不住。再好的專案，如果缺乏科學的管理，也會虧損的。你說是不是？」

我點頭，隨即問他道：「既然這樣，那你為什麼願意把錢借給我？」

他大笑，「準確地講，不是我借給你錢，而是暫時把你的股份，還有民政局那個專案後續的利潤劃撥給了你。當然，這裏面也有我的部分資金。所以，我要求你今後必須給我回報啊。我想，你不可能把這兩個億全部虧損光吧？」

「我有信心，我對孫露露也很有信心。」我說。

他點頭道：「當然，我也有信心，不然的話，我哪裏可能把錢給你？不過，你一定要有風險意識，我要求你到時候還給我三個億，也是為了提醒你，要注意防範風險，同時，也順便在你的這個專案上賺點錢。」

我頓時笑了起來，「你真厲害，錢被你賺了，所有的功勞也都是你的了。」

他也笑，「馮笑，這件事情，你最好給常書記講一下，畢竟有她的資金在裏面。至於她怎麼想是她的事情，這是你必須做的。」

我急忙說「是」，隨即問他道：「晚上你有空嗎？最好你也去參加一下今天的晚宴。畢竟你是江南集團的董事長，你去親自表態後，人家才有信心。」

他答應了，隨即對我說道：「你把孫露露叫上。不過，你必須先知會一下常書記這件事情。」

「我馬上給她打電話。」我說，隨即拿起手機走到了牆角。

在聽了我說的情況後，常育對我說：「我沒意見，就當你玩吧。林老闆的眼光我完全相信。」

她竟然把幾個億的投資說成是讓我去玩。我心裏不禁苦笑，同時又覺得輕鬆了許多。於是，我不禁想道：也許解壓比加壓更能讓人輕鬆自如地幹好事情。

我把晚餐安排在了一家五星級酒店裏，這是林易特地吩咐我的。他說，這涉及江南集團的面子問題。

在去往酒店前，我再一次給阿珠撥打了電話。可是，這個電話卻讓我完全失望了：因為電話裏傳來的資訊是：對不起，您所撥打的號碼是空號。

雖然阿珠消失了，但晚上的事情卻談得相當順利。

林易很有大老闆的架勢，他談完了事情後就先行離開了。他離開的托詞是：省裏面還有一位領導要找他說事情。

接下來，我們喝了很多的酒，因為大家都非常高興。龍縣長更是幾次抱住我的肩膀和我稱兄道弟。那位廣電局局長在看我的時候，簡直就是在仰望了。

我喝醉了，非得讓孫露露替我開車。

在車上的時候，我對孫露露說：「今天晚上你必須陪我。」

「我已經有男朋友了。」她卻這樣說道。

我的手胡亂地揮舞，「那我不管，今天我就是要你。」

她不說話。

我似乎清醒了一點，於是對她說道：「露露，我心情不好，陪陪我好嗎？」

「唉！你真是我前世的冤孽啊。」她長長地歎息了一聲。

我不得不承認，自己心裏有著極度的失落感，而這種失落的感覺卻是阿珠帶給我的。也許我和阿珠一樣，在以前很長的一段時間裏，都沒有意識到自己對對方的情感。

所以，我心裏非常的煩躁與痛苦，有一種想要發洩的欲望。不是為了發洩自己的情欲，而是想要發洩自己內心深處那些難以自制的鬱悶。

我的這種發洩近乎瘋狂。所以，在明明知道孫露露已經有男朋友，而且她那位男朋友還是童瑤表弟的時候，我依然要強迫她。

去到別墅後，一進門我就將她橫抱了起來，然後直接去到臥室裏面。沒有任何親熱、撫慰的過程，我三兩下就剝光了她的衣服……

醒來的時候，已經是午夜。

她卻依然醒著。

知道我醒了，她俯身來看我，「馮大哥，你今天是怎麼啦？我怎麼覺得你好像遇到了什麼不開心的事情了？」

我頓時記起自己在她身上所做過的一切來，「對不起。」

「沒什麼。」她說，「你把我嚇壞了，今天晚上你太可怕了，差點把我弄死了。馮大哥，可以告訴我嗎？究竟出了什麼事情？你要讓我去做這麼大的事情，如果不告訴我你究竟出了什麼事情的話，我怎麼可能安心去幫你呢？馮大哥，不管怎麼說，我也是你的女人啊。你說是嗎？」

她的話頓時勾起了我內心的傷痛，我喃喃地道：「阿珠，阿珠她走了，出國了，再也不會回來了。」

她的聲音頓時變得柔軟起來，「馮大哥，我明白了。其實你心裏很喜歡阿珠的，是不是？」

我繼續喃喃地道：「我不知道……」

「你啊，有時候真像一個傻孩子。」她柔聲地說，隨即來親吻我的臉頰，撫摸我的胸膛。

我也覺得自己有時候很傻。

「馮大哥，你想過沒有，難道你就準備一直這樣下去？你老婆一直昏迷不醒，難道你就這樣一直讓她在家裏？你知道嗎？她會影響你今後的生活的啊。我知道，你是一個好男人，但是也懂得你心中的痛苦。你還這麼年輕，一方面你想當一個好老公、好父親，而另一方面，你也需要正常人的生活啊，難道你就這樣一直矛盾下去，矛盾一輩子？」她依然緩緩地、柔聲地問我道。

「露露，別說了。我不知道該怎麼辦。比起我的難處來，陳圓更悲慘。不管怎麼樣，我還像人一樣在活著，有金錢，有事業，還有女人，可她呢？現在只能如同一個木乃伊似的躺在那裏。不管怎麼說，她是我的妻子，是我兒子的媽媽，而且，我曾經也喜歡過她。況且，一直以來都是我愧對於她。所以，我覺得自己現在遇到的這一切，都是上天對我的懲罰。」我歎息。

「馮大哥，我很擔心自己幹不好那麼大的專案。」她果然不再說那件事情了，開始和我談起工作上面的事情來。

「沒問題的，我相信你。你按照程序去辦事就行了，儘量和地方的領導搞好關係，有些事情稍微靈活一些，讓地方上的主要領導得到甜頭，但千萬不要去賄賂他們，最多也就是讓他們的親戚做點工程什麼的。我相信，不會出什麼大問題的。露露，現在你最需要的是招聘幾個懂管理、懂房地產開發的專業人才，工資給高一點。只要你能打造出一個好的團隊來，就沒有做不好的事情了。對了，露露，從現在起，我決定給你兩百萬的年薪，獎金除外。」我說。

「馮大哥，你這麼慷慨？」她驚喜地道。

「這不算多，今後還會更多的，只要你管好了我的這個公司就行。傻丫頭，兩百萬算什麼啊？你要有更高的理想才是。」我笑著捋了下她的秀髮。

其實，我一直相信一個道理：只有對自己的下屬慷慨，下屬才會對你忠心耿耿。

吝嗇的老闆帶出來的部下，往往都是背叛者。

「好了，抓緊時間去辦吧。對了，錢到位了後，你首先去買一輛好車。不，買兩輛，一輛轎車，一輛越野。必須都在一百萬以上。從現在開始，你可是將在我家鄉投資數十個億的大老闆了，別搞得那麼寒酸。還有，到時候，在我家鄉的辦公場所也要搞得富麗堂皇些，不要那麼小家子氣，這樣的錢要捨得花。一個公司的形象很重要。當地老百姓看到公司有那麼好的形象，才會對我們產生信心，未來的銷售才會有好的成績。」我說道。

「嗯。你放心吧，我會按照你說的去做的。」她說。

「好了，我要回去了。現在我家裏就只有保姆在了，我不大放心。」我說。

「剛才你把我弄得好痛，我動不了了。馮大哥，你別忙走，我還有話想對你說。」她卻說道。

「好吧，你說。」

她來到了我的懷裏，依偎在我的身上。我輕輕將她的身體攏住。

「第一件事情，」她說，「除了招聘幾個高級管理人才之外，我還想招聘幾個漂亮姑娘，讓她們去搞公關。」

「你是不是想把你們京劇團的美女們都招進來啊？你們團長會恨死你的。」我頓時笑了起來。

「京劇團裏面倒是有那麼一兩個，不過，我主要還是想在社會上招聘。」她笑著說。

我搖頭，「不行。不能把我們的公司搞成夜總會一樣。這也是公司的形象問題。有那麼一兩個就夠了，最多也就是陪陪喝酒什麼的，千萬不要用美色去俘獲官員。這樣的方式雖然快速有效，但今後可能會後患無窮。

「露露，你要知道，不管一個企業多麼有錢，但在官員的眼裏，始終是沒有地位的。我們不但要自己維護自己的形象，而且不能為了短期利益，就將公司、將我們個人陷入危險之中。

「你看看最近出問題的那些民企老闆，他們哪一個曾經不都是呼風喚雨的角色？但是，你發現沒有，他們哪一個不是和官員有著扯不清的金錢關係？官場如同走鋼絲，縱有最嫻熟的演技，也難免會出現瞬間的失誤。

「官場上的人一旦出事，就會牽扯出企業的人，而且，搞企業的人往往得不到任何保護，結局更悲慘。露露，你明白我的意思嗎？」

「我想不到，你這個當醫生的，竟然看得這麼遠。」她說。

「別讚揚我，我會驕傲的。」我笑道，隨即問她：「你剛才提了一個問題，還有呢？」

「馮大哥，現在我很矛盾。童陽西……」她說，聲音變得很小。

我頓時明白了，隨即歎息道：「露露，今天是我不對。主要是我心裏太煩躁了。你放心，今後我不會再這樣了。」

「我不是這個意思。」她卻低聲地說道：「我覺得自己也很矛盾，現在我才發現，自己從感情和肉體上有些離不開你了。但是，卻又知道自己和你在一起不會有什麼好結果。我喜歡童陽西，這我自己知道，可我卻又在背叛他，而且，還不知道今後會不會繼續背叛他。馮大哥，我真不知道該怎麼辦了。」

「可能是我太自私了。」我說，其實我也不知道該怎麼辦，因為我也不能肯定，自己真的就不再和她這樣了。

「不過，馮大哥，我已經想好了一個辦法。」她卻即刻輕笑道。

我很詫異，「什麼辦法？」

「我另外給你物色一個美女，保證比我漂亮。其實，那個章詩語很不錯，可惜她心氣太高，很難歸屬於某一個男人。俗話說，紅顏薄命，我看這個女孩子今後的結局會很悲慘。」她說。

我頓時詫異了，以至於來不及去責怪她，「露露，你為什麼這樣說？」

「雖然我只是地方京劇團的一個小演員，但我畢竟是那個圈子裏面的人，我見得多了。但願我的這個預感是錯誤的。」她歎息著說。

「有什麼辦法可以幫她嗎？」我急忙地問。

「你很喜歡她是不是？」她笑著問我道。

「總不能眼睜睜地看著她朝你預感的那個方向發展下去吧？」我說。

「改變不了。一個人一旦進入那個圈子裏，很多事情就不是自己能把握的了。這就好像一隻小船陷入一個巨大的漩渦裏一樣，那漩渦的吸引力是很大的，普通人很難逃離出來。」她說，「其實有時候我也想，幸好自己只是在這樣一個小小的京劇團裏面，不然的話，也可能很難逃出那樣的命運。」

我頓時擔心起來，「那莊晴……」

「莊晴不一樣，她的要求沒有那麼高，而且，莊晴的性格要潑辣得多，最關鍵的是，她拿得起也放得下。所以，她反而會比章詩語的命運要好。」她說。

我詫異地看著她，「想不到你對她們兩個人這麼瞭解。」

「我說了，不管怎麼樣，我還算是那個圈子裏面的人，至少是在邊緣吧。有個人你還記得嗎？沈丹梅。」她問我道。

「記得啊，她也是我的病人呢。」我說。

「她以前也想去那個圈子發展，可惜的是，遇到了個根本就說不起話的三流導演，所以，她才淪落到了後來的地步。為了金錢去和各種各樣的男人睡覺，完全是吃青春飯。我雖然和她在一起，但直到現在，也就和你一個人睡覺。雖然我並不覺得自己比起她來有多高尚，但是我覺得，她那樣做很不值得。後來她也意識到了，所以就只好出國去了。」她歎息著說。

「是啊。」我說，「不過，露露，你在我眼裏還是很純潔的，因為我知道你的過去。」

「丹梅姐最近可能要回來了。」她忽然地說道。

我很驚訝，「她回來幹什麼？」

「有時候，人的命運真是很難說。」她頓時笑了起來，「在國外的時候，她正好碰上國內的一個劇組在拍攝外景，結果，她被那個導演看上了，讓她在劇裏飾演了一個配角，就是前段時間在各大電視台播出的那部反應留學生活的電視劇，結果引起了巨大的反響。人們對她飾演的那個角色評價很高，她的呼聲甚至蓋過了女主角。現在國內很多導演都在邀請她去演戲呢，還有廣告商也在邀請她。」

我不禁嗟歎，「看來，人的命運真不好說啊。」

「前幾天她給我打了電話，說回來後，要請你吃飯呢。」她說。

我很是疑惑，「她幹嗎要請我吃飯？」

「因為她說，你把我照顧得這麼好啊。」她笑道，「不但給我了一份這麼好的工作，而且還讓我感受到了當女人的樂趣。」

我頓時也大笑了起來，「後面的話，是你自己說的吧？」

她也大笑，「你怎麼知道？後面的那句話是我心裏在想的。」

我不禁痛苦起來，「露露，怎麼辦？我又想來了。」

她的唇來到我的耳畔，「來吧，不管了，今天先高興了再說。」

半個月後。

最近一段時間，我幾乎沒去過那間石屋，不是我不想去那裏，而是實在沒時間。清靜也是需要時間的，因為要有那樣的心情。

蘇華離開後，家裏的事情多了，保姆又要做飯，還要帶孩子。我請來的人只管給陳圓輸液及護理的事情。因為她是我們醫院離退休處處長的岳母，所以，我不好給她加大工作量。有時候，這樣的關係反倒是一種麻煩。

醫院的專案已經進入到設計階段，在我暗中做工作的情況下，設計的任務被交給了江真仁。

不過，上官琴和王鑫的關係搞得越發緊張了起來。

據上官琴說，本來王鑫介紹了一家設計單位，但是那家的設計方案在初評的時候就沒有通過。結果，王鑫把不滿的情緒帶到了工作上去了，於是處處為難上官琴。

在這種情況下，我覺得自己不得不出面去找一下王鑫了。畢竟，上官琴是為了我的事情才出現了目前這種難處的情況的。

一天上午，我處理完科室的事情後，就去到了醫院專案籌備組辦公室。一進去，就發現唐孜正在王鑫的辦公室裏，好像王鑫正在批評她，因為我看見王鑫的臉上一片嚴厲，而唐孜卻滿臉的尷尬。

「王處，怎麼大清早的就生氣啊？工作嘛，慢慢來，生氣損害的是自己的身體，不划算。醫院還需要你這樣的領導長期工作下去呢。」我隨即朝他打哈哈。

「馮主任，你今天怎麼有空？」他頓時對我笑臉相迎，隨即卻去對唐孜說道：「你先去把搞錯的事情糾正過來再說。」

唐孜看了我一眼，我朝她微微地笑。

她也笑了，隨後離開。

「馮主任，你請坐。」王鑫站了起來，還親自給我泡了杯茶，「老弟啊，你太壞了，怎麼事情做了一點就跑了？這下好了，讓我攤上了。」

我從他手上接過茶杯，道謝後，笑著對他說道：「我哪裏是幹這個工作的料？你看，我是幹不下去了，才提出辭職的。王處，你清不清楚你現在這個位置的重要性？」

「我想不到，搞一個專案竟然這麼複雜，完全是磨人的工作，有什麼重要的了？」他苦笑道。

我頓時笑了起來，「你呀，你這麼聰明的人，怎麼就想不到這一點呢？你知道這個專案對章院長的重要性嗎？」

「你這話是什麼意思？章院長可是很廉潔的。」他警惕地看著我說道。

我知道他誤會我的意思了，不過，我在心裏感歎他對領導形象的維護，也許這正是章院長要用他的原因之一。

「王處，我說的不是這個。章院長很廉潔的事情，我當然知道啦。你聽說過沒有？據說章院長是這次學校那邊校長的人選之一，他其他的條件都不錯，就是在政績上面差了一點。」於是，我急忙地說道。

他點頭，「我知道這件事情。你的意思是說，這個專案就是章院長的政績工程？」

我搖頭，「也不能這樣說，我們醫院的發展需要這個專案嘛。」

他笑道，「有道理。」

我頓時覺得這個人確實很陰，處處都在給別人設圈套。比如他剛才的這句話，如果我不解釋的話，肯定會被他拿去作為攻擊我的話柄，他完全有可能說我在背後說這個專案是什麼章院長的政績工程。要知道，政績工程這個詞是貶義詞，就是好大喜功、試圖走捷徑的意思啊。

我知道今天來的目的，所以，也就沒有去計較他的這種所為，於是繼續地道：「王處，本來我不該到你這裏來指手畫腳的，但是，我想到我們是老朋友了，所以才想來把自己內心的話告訴你，希望你不要見怪才是。」

「我怎麼會見怪呢？你老弟可是好人，一直都對我很好，這我是知道的。說吧，我洗耳恭聽。」他朝我笑道。

「前面說了，這個專案是章院長非常看重的，說到底，你是在替章院長打先鋒，在替他完成一件非常重要的工作。所以，如果你做好了這件事情的話，今後的前途真是不可限量啊。我想，至少今後這家分院的院長非你莫屬吧？甚至當上我們醫院的副院長也很難說呢。不過，如果專案出了什麼問題的話，可就難說了。俗話說，責任越大，機遇也就越大嘛。你說是不是？」我笑著對他說。

「我是想把事情做好，可是，你岳父派來的那個女人，有時候太不好說話了。

究竟我們是主體還是他們是主體？馮笑，現在我明白你為什麼要來找我了。不過，我也對你說實話，你岳父在有些事情上面考慮確實不周全。不是我要中間裝怪，而是他們真的有些過分。」他苦笑著對我說道。

這下我反倒詫異了，「對，你說得對，我今天就是來當和事佬的。不過，不管你相不相信，我主要還是為了你好。我岳父那麼大的公司，根本就不在乎在這個專案上賺那點錢。但是，如果你在這件事情上處理不好的話，那可就得不償失了。」

說到這裏，我心裏忽然升起了一個念頭：對啊，這個專案並不能給林易帶來多大的利潤，他幹嗎這麼上心？

可是，我現在暫時無法顧及這一點了，隨即繼續地道：「王處，所以我覺得，有些事情你們還是好好商量著去辦的好，不要考慮其他的東西，只要把這個專案搞成了精品工程，到時候，你就功德無量了。我知道，你是一個很有能力的人，而且對自己今後的發展也很有信心，所以我覺得，你應該從長遠考慮這件事情。只要不是原則上的問題，就沒有必要那麼較真。還有，現在你是這個部門的領導，剛才那個小姑娘可是我們醫院一位領導的關係，呵呵！其中的厲害你應該清楚。有時候，一個人的前途往往是一票就被否決掉了的。王處，可能今天我的話多了些，不過我真的是一片好心，希望你能夠理解。」

他看著我說：「馮笑，我不得不承認你的口才很好。說實話，你說服我了。行，今後我儘量睜隻眼、閉隻眼就是。」

我搖頭，「王處，你這樣說的話我可就不高興了，我哪裏是讓你睜隻眼閉隻眼啊？我是說，既然你現在是在與上官琴合作做事，有些事情就不要刻意去計較對方。當然，她也有不對的地方，關鍵是你們兩個人要互相諒解，緊密合作，共同把這個專案做好，最終是要讓章院長滿意。」

「其實，也沒有什麼大的問題，就是在專案未來的功能上，我們有些分歧。上官琴認為，要多留下一些土地進行開發，而我認為，醫院的功能必須齊備。還有就是，在設計檔次的問題上，我們也有不同的意見。馮笑，我們畢竟是這個專案的主體，結果你看，搞得他們反倒成了甲方一樣。」他苦笑著說。

我點頭，「理解。好了，我言盡於此。告辭了。」

其實，我根本就不相信他的這些鬼話，因為留多少土地進行開發，還有設計檔次的問題，根本就不是他王鑫和上官琴能夠說了算的事情，那是章院長和林易才可以決定的。而且，雙方的合同上也有明確的規定。

所以，我越發覺得這個人很陰了，所以我想趕快離開。

不過我覺得，自己今天至少還是有收穫的，他應該還是聽進去了我部分的話。

「你等等。」他卻叫住了我，「馮笑，我想問你一個問題。你當時為什麼要辭職呢？這個專案既然如此重要，而且你也知道，它可能會給你帶來那麼豐厚的回報……我不相信你前面說的那個理由，因為你的能力我可是知道的。」

「實話對你說吧。其中最主要的原因是，我確實沒有空。現在我是科室主任，還要搞科研，這學期還有大課要上，我家裏的事情也一塌糊塗。此外，我對當官沒興趣。不過，話又說回來了，假如我不辭職的話，能夠有你現在的機會嗎？所以啊，王處長，你可要好好把握哦。」我說，隨即直接離開了。

說實話，我心裏開始厭煩起這個人來了，所以說的話也就變得很直接。老子懶得和你再客氣了，聽不聽隨你的便！

出去的時候碰見了唐孜，不，應該是她在外面等我。

我給了她一個眼色，意思是讓她不要在這地方和我說工作上的事情。

她很聰明，即刻跟著我下了樓。

「怎麼？被他批評了？」到了樓下後，我微笑著問她。

「他這個人太煩人了。明明是他自己告訴我要那樣去做的，結果反而說我沒理解他的意思，這不是刁難人嗎？」她說，很委屈的樣子。

「也許是他忘了前面說的話了。」我安慰她說。

「不是，這已經不是第一次出現這樣的情況了。其他的人都遇到過這樣的事情。他這個人，總覺得大家看不起他，所以，才採用這樣的方式讓大家去聽他的話，真彆扭。」她噘嘴說道。

「小唐，你別這樣說，每個領導都有自己不同的工作方法，你不是最喜歡挑好聽的話對別人說嗎？這可是你的優點呢，今後繼續發揚啊！」我笑道。

不過，我心裏知道她的話很有道理，王鑫就是那樣的人。

「他那樣的人，我才懶得對他說好聽的話呢，真的很煩人。」她嘀咕道。

我笑道：「好啦，你對我說這些又有什麼用處呢？呵呵！小唐，你放心，他可能今後不會這樣了。」

「怎麼會呢？」她疑惑地看著我，問道。

「你今後看吧，一定會的。」我朝她神秘地笑道。

她看著我，「我叔叔想請你吃頓飯。你有時間嗎？」

我很詫異，「你叔叔是我的領導，他吩咐一聲不就可以了？」

「我不知道，反正他就是給我說了這句話。」她說。

她叔叔是我們醫院分管後勤的副院長，姓唐。其實他也是我的老師，只不過沒有親自帶過我，因為他曾經給我上過影像學的大課。

醫科類院校有一個不成文的規矩，就是「一日為師，終身為父」。我估計其他所有專業都沒有醫學類專業如此繼承傳統。

所以，唐孜說到她叔叔要請我吃飯的事情後，讓我感到非常的惶恐。因為我覺得，請客吃飯是我的事情。我是學生，哪有老師請學生吃飯的道理？

於是，我說道：「這樣吧，今天晚上我請你叔叔吃飯，我正想給他彙報工作呢。」

唐孜笑道：「真的？那我馬上去跟他講。」

我想了想後說：「小唐，還是我親自去請他吧。」

她朝著我笑，「馮主任，你和那個人完全不一樣，你比他可豪爽多了。」

我即刻正色地對她說：「小唐，千萬不要拿我去和任何人比較。不是因為我與眾不同，而是每個人有自己的處事原則。你這樣，很容易讓別人恨我的。明白嗎？」

她卻完全不在乎我的這種神情，依然在笑，「你呀，根本就不像一個婦產科醫生，你比外科醫生還外科醫生！」

我苦笑著搖頭。

第四章

領導的風範

人與人之間就是如此的不同。
原本唐院長要請我吃飯，現在我主動去邀請他，
結果他端起架子，我還必須做出求他的樣子。
我理解這樣的情況，因為他是領導，
他這樣做，或許並不是他的本意。
當領導得有架子吧？否則，他就沒領導的風範了。

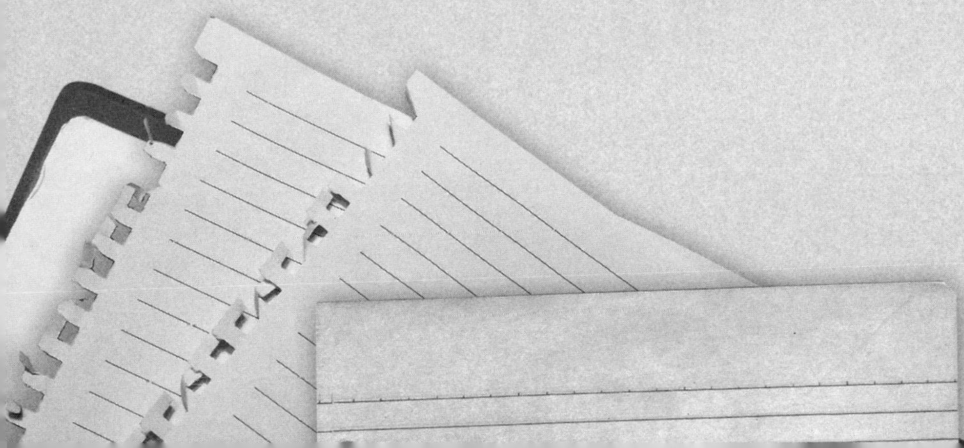

唐孜沒有敲門，她直接推門而進。

「小孜，怎麼這麼沒規矩？幹嗎不敲門？啊？小馮來啦？」唐院長正批評唐孜，卻忽然看見了我，臉上頓時堆滿了笑容。

「唐院長，對不起，我一直說來給您彙報工作的。上次給您拜年的時候，您辦公室老是有人，我沒機會。唐院長，今天晚上有空嗎？我想請您去坐坐。」我急忙恭敬地對他說道。

「小馮太客氣了吧？」他朝我微笑，臉上的神態不可捉摸。

幸好唐孜剛才對我說了那些話，所以，我知道他這僅僅是一種作為領導的矜持，「唐院長，我是真心想請您喝杯酒。我知道您很忙，如果今天您沒空的話，那就改天，您說時間。只要我在本市內，我分分秒秒就趕過來。」

「小馮太客氣了。今天……我看看啊……嗯，好吧，正好今晚沒有什麼大的事情。本來是下面科室請我吃飯，我推掉算了。」他去看桌上的檯曆，同時在說道。

「太感謝了。我先去訂座，然後，讓小唐告訴您具體的地方。」我說道。

他朝我笑了笑，「行。」

然後就不再來看我。

我隨即告退。

唐孜沒有跟出來。

人與人之間就是如此的不同。本來是唐院長要請我吃飯的，現在我主動上門去邀請他，結果他卻端起了架子，反而我還必須做出一副求他的樣子。

我很理解這樣的情況，因為他是領導，他這樣做，或許並不是他的本意。當領導的總得有架子吧？否則的話，他就沒領導的風範了。

說到底，我這個人比較懦弱，也太在乎自己的名聲，所以，凡是涉及傳統的東西，就會不自覺地去遵循。

但是，往往有一種規律，越是傳統的人，骨子裏越容易充滿叛逆，比如我就是這樣。正因為如此，我才會在自己的私生活上如此放縱。

我回到自己的辦公室之後，第一件事情就是打電話訂了一家星級酒店的雅室。

隨後，我給上官琴打電話。

「我今天去找了王鑫。」我直接這樣告訴她。

「謝謝。」她說。

「我相信他會改變。」我又道。

「你怎麼對他說的？」她這才問道。

我笑著說：「反正我相信會有效果的。我很清楚，你確實很難處那樣的關係。

難為你了。」

「你知道就好。你也是，我給你說那麼多次了，結果你現在才去對他講。」她笑道，帶有責怪的語氣。

「醫院很複雜，我本不想介入這件事的。不過，我考慮到你太難了。」我說。

「是啊，我和那麼多領導打過交道，從來沒見過這麼麻煩的人。官不大，架子比省長還大。」她笑道。

「他架子還是會有的，這是一個人的本性。不過，我相信他不會再刁難你了。上官，你也要注意，畢竟他代表的是我們醫院嘛，起碼的面子還是要給他的。你說是不是？」我勸解她道。

「這我知道啊，只要他不刁難我就行。」她說。

「好啦，我只能做到這樣了。本來我不該去插手這樣事情的，誰讓你是上官呢？呵呵！再見啊。」於是，我準備結束這次通話，可她卻繼續對我說道：「等等，你晚上有空嗎？」

「晚上我有個安排啊。準備請我們分管後勤的副院長吃飯呢。如果你沒有特別重要的事，就一起吧。唐院長好像是分管你們這個專案的領導。」我說。

「太好了。什麼時間？什麼地方？」她問我道。

我即刻告訴了她，隨後問她道：「你準備找我什麼事情？」

「聽說蘇華走了？阿珠也走了？」她問。

我頓時怔住了，「你怎麼知道的？」

「這個……施姐才去了你家裏一趟，她告訴我的。」她說。

我想，原來如此，於是說道：「是啊，我家裏的事情更麻煩了。」

她在電話裏笑，我莫名其妙，「你笑什麼啊？對了，你前面好像是要找我說什麼事情吧？怎麼忽然問起蘇華和阿珠的事情來了？」

「順便問問。本來我是想和你商談一下你家鄉那個專案的事情的，林老闆吩咐過我了，讓我隨時關注你的這個專案。」她說。

我大喜，「太好了。上官，我知道你很忙，你手上的事情也很多。最近我才對孫露露說，讓她招聘幾個管理類的高級人才，上官，麻煩你幫我介紹幾個怎麼樣？」

「我毛遂自薦怎麼樣？」她笑著對我說。

我以為她是在開玩笑，「如果真的是這樣的話，我就太高興了。不過我可請不起你，而且，我也不可能撬我岳父的牆角啊。你說是不是？」

「晚上我們見面後再談。這樣，你把孫露露也叫上吧。」她說。

我頓時為難起來，「去請唐院長吃飯，在桌上談這樣的事情，不好吧？」

「先吃飯，然後再找地方談事情，這樣不就可以了嗎？馮大哥，你可是多次說要請我吃飯了啊？今天這個機會我可不能錯過。」她大笑。

「好，今天你點菜。」我也大笑。

我親自去接唐院長。這叫好事做到底，請客就要完全到位。

唐孜朝我伸出了手來，「鑰匙給我。你們都是領導，只能由我來服務。」

我只好把車鑰匙遞給了她，隨即去給唐院長打開了副駕駛處的車門。

唐院長卻說：「我們都坐後面吧，好說話。」

我隨即告訴了唐孜我們要去的地方。

她伸出舌頭做了個怪相，「這麼高檔的地方啊？」

唐院長上車後，完全變了樣，立刻隨和起來了，他笑道：「小孜，別調皮。」

我笑著說：「唐院長，說實話，我很喜歡小唐這樣的性格，看到她，我覺得自己年輕了至少十歲。」

唐院長大笑，「小馮啊，你就別在我面前說這樣的話了，你這樣說，不是顯得我太老了嗎？」

我頓時尷尬了起來，「唐院長，您可不老。記得您當時給我們上課的時候，好像也是現在這個樣子，這麼多年過去了，您可一點都沒有改變。」

他即刻愕然地看著我，「哦？我給你上過課？」

我笑道：「是啊。可能您不記得了。因為您是給我們上的大課。」於是，我把自己讀本科時候的年級和大班告訴了他。

他輕輕拍了拍自己的腦袋，「好像是啊。老了，記不得了。」

我急忙地奉承他道：「說實話，《放射科學》課程也只有您才能夠講得那麼精彩。一門乾巴巴的課程，竟然被您講得那麼生動，至今很多同學都還在說起您呢。」

「是吧？」他問道，臉上堆滿了笑。任何人都喜歡被別人奉承的，其實我早已經忘記了他當時上課的具體情形了。

「馮主任，想不到你和我一樣，都喜歡奉承人。我叔叔的課我可是去聽過，好像沒有你說的那麼好吧？」這時候，唐孜轉頭來對我們說道。

我不禁尷尬起來，急忙地道：「小唐，你是學護理的，對醫學方面深奧的東西根本就不懂，所以，你覺得很難，當然也就不能領會到其中的奧妙了。」

「小馮，你別和她說。她就是這樣，除了看不起我之外，對我們醫院其他的人都很尊重。」唐院長苦笑道。

「叔叔，我可不是這樣的啊。比如我們那位……」唐孜笑道，可是，話沒說完，就被唐院長打斷了，「小孜，別胡說！」

我當然知道她準備要說的是王鑫，也明白唐院長的忌諱。因為他雖然是副院長，但王鑫畢竟是章院長的人，俗話說，打狗還得看主人呢，於是，我也急忙地道：「小唐，好好開你的車。呵呵！幸好我沒有繼續當你的領導，否則的話，還不知道你要怎麼說我呢。」

唐院長隨即接口道：「小孜，聽明白了吧？背後說別人壞話的人，總是會惹出事情來的。我們任何人都會這樣想。你今天在我面前說別人的壞話，說不一定哪天，你會在其他人面前說我的壞話呢。這可是我們每個人都要注意的。」

我聽了頓時很不是滋味，覺得他的話好像是針對我在說的，不過，我卻不好說什麼，只好「呵呵」地乾笑。

「小馮，我沒有其他什麼意思，只是想借此機會教育一下小孜。現在的年輕人往往就是這樣，隨口亂說話，很多時候惹出了麻煩，連自己都不知道是怎麼回事。」唐院長隨即說道。

我點頭，「確實是這樣。我們年輕人畢竟經歷的比較少。所以，我們都得向您多多學習才是。」

其實，我這句話只是一種客氣的敷衍，心裏卻在嘀咕：他為什麼這樣說？難道有人在他面前說我的壞話不成？

「小馮倒是不錯。我們醫院的年輕人當中，可是要數你最優秀了。可惜啊，你不願意搞行政，不然的話，你的前途可是不可限量的啊。唉！現在就是這樣，能幹的人不願意去當官，結果，那些位置就被一些不三不四的人佔據了。小馮，你說，長期這樣下去的話，一個單位怎麼搞得好啊？」唐院長頓時感歎了起來。

我似乎明白了他的所指，不過，我不好多說什麼了，「唐院長，每個人都有他自己的長處。當領導的也不可能找到那麼多十全十美的人，能夠用一個人的長處，也是當領導的藝術啊。您說是嗎唐院長？」

「哈哈！小馮果然是個人才！你說得太好了！」他頓時大笑起來。

我也附和著笑。

「小馮，晚上還有其他的人嗎？」大笑過後，唐院長問我道。

「還有江南集團的上官琴。她說，她也想趁此機會向您彙報工作呢。」我說。

他頷首道：「好，這個女孩子很不錯的，很能幹。我們醫院的專案，全靠她在中間努力，不然的話，哪裏會有這麼順利？」

「王鑫處長也還是不錯的，他們兩個人配合得比較好。」我說。

「是啊。」他接口道，不過，語氣很冷淡。

我頓時不再說話了。

「到了。」這時候就聽到唐孜在說。

我暗自舒了一口氣，「唐院長，請下車。」

他卻坐在車上不動，「小孜，你先下去。我和小馮說點事情。」

唐孜下車去了，她關閉了發動機，車鑰匙還在車上。

我發現這小姑娘還真懂事。

現在我明白了，唐院長肯定是找我有事情，可能他是準備在吃飯的時候對我講的，但是在聽我說上官琴要來後，才臨時決定這時候對我說。

「唐院長，您有什麼事情的話，直接吩咐我好了。我可是您的學生，只要我能夠辦到的，一定會盡心盡力去辦好的。」我首先打破了沉寂。

他歎息，「小馮，你比那個姓王的可要優秀多了，幹嗎要放棄那個機會呢？」

「那個專案畢竟是我岳父和醫院合作的專案，我在裏面不太方便。而且，我確實太忙了，您是知道的。」我說。

他點頭，「我理解。唉！真可惜。走吧，我們下車。」

我頓時怔住了，因為我想不到，他讓唐孜下車的目的，竟然只是問問這麼簡單的一件事情。隨即我便想道：可能他是覺得和我還不是那麼熟悉，所以，有些事情不方便對我講。嗯，一定是這樣的。

隨即，我下了車，然後快速跑到他那一側，去給他打開了車門，然後恭敬地請他下了車。

隨即便看見唐孜在酒樓的大門處等候。

我陪著唐院長朝她走去，「小唐，晚上我要喝酒，還是你保管這鑰匙吧。」

她笑著接了過去。

唐院長在微笑。

「唐院長，小唐喝酒很厲害的，竟然喝不醉。」我說道，完全是無話找話在說。

「她年輕。」唐院長微笑著說道，「還有遺傳。她父親喝酒也很厲害。」

「您是她叔叔，遺傳基因應該是一樣的吧？也就是說，您的酒量也很厲害？」

我問道，心裏頓時害怕起來：如果他喝酒也那麼厲害的話，今天晚上可麻煩了。

「老啦，不行了。」他笑道。

我頓時明白了，心裏暗暗地著急，嘴裏卻在說道：「您哪裏老了？太好了，今天我可要好好陪您喝幾杯。不過唐院長，我的酒量可不行啊，現在我得提前向您打饒命拳。」

他大笑，「年輕就是資本，你怕什麼？說實話，如果在十年前，我喝酒可是很少有對手的。唉！好漢不提當年勇，現在可不行啦。」

他越是這樣說，我就越加緊張起來。

進到酒樓的大廳後，發現上官琴和孫露露正在裏面等候我們。見到我們出現，她們即刻朝我們迎了過來。

唐院長笑著對我說道：「兩位美女啊？小馮，看來你今天是誠心要把我灌醉啊。」

「那就要看她們兩個人的公關能力了。」我笑著說。

說實在話，在酒的問題上，我已經打退堂鼓了，所以，也就不再避諱一會兒讓上官琴和孫露露上場喝酒的意圖了。

唐院長大笑，「這可不行。一會兒我們分南北喝酒，我們兩人一起喝她們兩個人，小孜負責開車。」

我頓時愕然，隨即苦笑道：「好，您說怎麼喝就怎麼喝吧。」

隨即一起上樓。

孫露露過來悄悄對我說道：「我已經點好菜了。酒要的是茅台，上官說的，唐院長喜歡喝茅台。」

我點頭，心裏不禁暗暗佩服上官琴的細心。

優秀的人就是不一樣，他們會注意到自己合作方領導的任何愛好。這樣的本領往往是教不會的，只需要細心感悟。

孫露露的菜安排得很不錯，精緻而高檔。精緻是因為她點的菜並不多，高檔卻是每樣菜看上去都價格不菲。而且，還給每個人準備了一盅鮑魚羹。

上桌後，我忽然想到了一種喝酒的方法：每人一大杯白酒。

我笑著對唐院長說：「您看，這樣很公平。您喝完的時候，大家也都喝完了，不存在我們想要灌您酒的問題。」

他大笑，「好，這個辦法不錯。」

於是我舉杯，「來，上官，孫總，我們一起來敬唐院長。你們可能不知道，唐院長是我的老師呢。俗話說，一日為師，終身為父，今天你們和我一起好好敬我這位尊敬的老師吧。對了，還有小唐，她是唐院長的侄女，上官應該認識了。不過，她還有一個身分，那就是我的駕駛員呢，哈哈！來，不開玩笑了，我們一起敬唐老師吧，我們共同祝願唐老師身體健康，事業順利！」

「小馮，你這話我願意聽。」唐院長喜笑顏開，「第一，我更喜歡你稱呼我老師。俗話說，當官只是一時的，但我這個老師身分可是永久的。第二，你把祝願我身體健康放在最前面，事業放在第二位，這也是我最喜歡聽的話，因為它很真。事業再好，沒有好身體也是白搭。好！我不多說了，來，我們喝酒！謝謝你們！」

他說完後，一口喝完了那一大杯白酒。

我不禁駭然，但也只好跟著喝了下去。

上官琴和孫露露頓時為難起來，她們在相對苦笑。

唐院長說：「你們是女士，隨意吧。」

「既然唐院長都喝了，我當然得喝完啦。」上官琴說，隨即一口喝下。

孫露露也不示弱，隨即也喝下了。

唐孜卻癟嘴道：「叔叔，您別這樣。下一杯我們慢慢喝吧，您這是為難我們女人呢。」

不過，她說完後還是喝下了。

唐院長大笑道：「好，下一杯我們慢慢喝。」

隨後，我去敬他的酒，「唐院長，唐老師，我敬您！我知道自己很多事情沒有處理好，請您這個當老師的今後多提醒我，關照我才是。」

「小馮不錯的。」他朝我微微地笑，隨即喝了一小口。

我大喜，隨即也跟著他喝了一點點。

接下來，上官琴去敬他，「唐院長，我得認認真真地敬您一杯酒。因為我非常感謝您。專案的事情，如果不是您協調的話，就沒有現在這麼順利。多的話我不會說，總之就是感激您，我從內心裏感激您。」

「上官小姐很能幹，這我是知道的。你受苦了，我很是歉意。好，我們喝。」唐院長真摯地對上官琴道。

上官琴很感動的樣子，端起酒杯就乾了，隨即說道：「唐院長，您隨意。」

唐院長沒有說話，仰頭也把那杯酒喝下了。

上官琴不住道謝，唐院長只是微微地笑，「上官小姐，有些話我現在不便多說，所有的一切都在剛才的那杯酒裏了，希望你能夠理解我。」

「唐院長，您這樣說真是讓我無地自容。我也認了，今後再苦再累我也認了，因為有您這樣的領導支持我。」上官琴滿臉的感動。

我可以看得出來，她的這種感動應該是發自內心的。

孫露露接著去敬唐院長。

我在旁邊說道：「隨意喝，大家多吃點東西。」

「不行，我可是第一次和唐院長喝酒呢，必須喝一滿杯才行。」孫露露說。

唐院長依然是微微在笑，隨即和孫露露喝下了一大杯。

這下我反倒不好意思了，於是端起酒杯去對唐孜說：「小唐，現在只有我們兩個人少喝了一杯了。來，我們也乾了。對了，我還得謝謝你這位駕駛員呢。」

我是第一次像這樣一來就喝這麼猛的酒。不過，這下桌上的氣氛頓時就隨和熱烈起來了，這就是酒精的作用。

這頓飯花了多少錢我不知道，因為是上官琴去結的賬。不過，我記得清清楚楚，我們一共喝了五瓶茅台。

我已經有了醉意，上官琴和孫露露也差不多了。

唐院長的話也多了起來，唯有唐孜像沒事人似的。

我不能說不喝酒了，因為結束的話，只能由唐院長說。

他說了，「好啦，今天到此為止吧。謝謝你，小馮。」

我心裏大喜，嘴裏卻在說道：「要不我們再來一瓶？」

「我可是不行了，比不過你們年輕人啊。」他不住搖頭。

我更加高興，即刻吩咐服務員結賬，上官琴卻說她已經結過賬了，我也沒有說什麼，因為我知道她也是要回去報賬的。

「還是我送唐院長回家吧。上官，你和孫露露一起回去，今天不談事情了，以後再說。」我隨即安排後面的事情。

唐院長沒有反對。

上車後，唐院長問我道：「小馮，你沒喝醉吧？」

我回答說：「差不多了。不過，我喝酒有個特點，再醉都會有起碼的清醒。」

「那就好。」他說，隨即去吩咐唐孜道：「在前面停車，茶樓那地方。」

我頓時明白了：他肯定是有事情要和我談。

果然如此。

隨後我和他去到了茶樓裏面。

我和他相對而坐。

「小馮，一直想和你好好談談。但是考慮到我們並不熟悉，所以我一直在猶豫。」他的第一句話就說得很直接。

「您是我的老師，您隨便吩咐就是。」我說。

他搖頭，「小馮，你這是客氣話。我想和你談的事情可不小。雖然我當過你的老師，但是，這件事情你並沒有責任和義務幫助我的。所以，我才很猶豫。」

「我也許不一定能夠幫得到您。但您可以先說說，只要我能夠做到的話，我肯定會盡力的。我這個人沒有其他什麼優點，就是聽老師的話。」我笑著對他說道。

其實，我現在心裏很好奇：他找我到底會是什麼事情啊？

「小馮，我知道你有很多關係，其實，我們醫院的領導都知道。章院長和你的關係好也是因為這樣吧？這不需要我多說。我的情況你可能知道，到現在為止，我已經當了八年的副院長了，無論從業務上還是從能力上，我自己也不覺得比誰差。小馮，你覺得我今後有當正院長的機會嗎？」他隨即問我道。

我頓時怔住了，因為我完全想不到，他要問我的竟然是這樣一個問題。要知道，他可是副院長，而且，還是我的老師，難道他要我幫他這個忙？

我不能答應，因為我幫不了他的忙。

可是，他卻繼續在說道：「你是不是覺得我很唐突？是，確實很唐突。不過我分析過，最近，可能還會有人來找你的，也就是我們醫院其他的副院長。上次，你和黃省長一起吃飯的事情，醫院的領導們都知道了。現在他們還沒有來找你，是因為他們有著和我一樣的心態，那就是放不下面子。幸好小孩和你比較熟悉，不然的話，我也不可能這麼唐突的。」

我頓時恍然大悟：原來唐孜今天找我，是有意而為。

只是，想當院長，竟然要來找我做工作？

我覺得這件事情很搞笑。我算什麼啊？不就是一個小醫生嗎？醫院專案的事情是林易和章院長談的，林易也不過就是個商人。

至於上次和黃省長一起吃飯，那並不代表我和黃省長有什麼特別的關係，而且，即使有某種關係，我也不可能因為這樣的事情去找他的。如果去找他的話，那才真正叫唐突。

這個世界上很多事情並不能保密。上次我和黃省長一起吃飯的事情，當時有衛生廳的廳長，還有學校的黨委書記參加，他們極有可能把那件事情說出來。

當然，對於廳級幹部來講，他們說出來的話，往往是有目的性的，絕不會隨口亂說。比如，他們會給醫院的領導打招呼，讓他們關照我。

他們這樣做也是為了給黃省長一種交代。

所以，唐院長知道那件事情，恐怕也不是什麼奇怪的事情。

但是，很明顯的，他高估了我的能量。這個世界上以訛傳訛的事情經常會有。

所以，我回答得很直接，「唐院長，對不起，您的這個忙，我實在是幫不了。

我們醫院的院長可是正廳級，是需要省委組織部任命的。我可沒有這樣的關係。年前，我確實與黃省長吃過一頓飯，我們學校的黨委書記也參加了的。當時，省教委主任、衛生廳廳長都在。我只是一個小人物，作陪罷了。唐院長，如果我真的能夠幫忙的話，肯定會幫，但是您的這件事情，我確實沒有這個能力去做。對不起。」

他笑，「我都打聽過了，你的同學康得茂是從省委組織部出來的，現在他就是黃省長的秘書。對於一所醫院院長來講，並不是什麼敏感的職務，在全省的廳級幹部裏面，這個職務無足輕重，難度並不是那麼的大。而且，我各方面的條件都具備，現在欠缺的只是後台。只要黃省長一句話，我的事情也就解決了。當然，我也不會讓你白幫的，你不缺錢，這我知道，不過，我也沒有錢給你。但是，只要我真的當上醫院的院長，你的朋友要進藥或者想做什麼醫療器械的話，我一定會關照的。我這個人說話算話。」

他說的倒是實話，而且，讓我即刻想到了余敏的事情。這對我確實有不小的誘惑，但是，我確實很為難，因為這件事情對我來講，難度太大，而且，也並不是非要去做不可。

但他是我的老師和領導，我不能讓他難堪，因為他自己都說了，他來找我，其實是拋下了面子、屈尊就卑而來。

於是，我說道：「唐院長，您讓我想想，能不能想出一個什麼辦法。好嗎？」

當然，這僅僅只是權宜之計，同時也是敷衍。

不知道他是不是已經看出我的這種敷衍，不過他點頭，「好的，謝謝你了。」

「我家裏的情況您是知道的，我得馬上回去了。」隨即我說道，急忙吩咐服務員買單。

他急忙拿出兩百塊錢朝服務員遞了過去，我慌忙去制止他，但是他卻說道：「老師請你喝杯茶，難道不可以嗎？」

我只得罷了。

不過，我覺得他付出這兩百塊錢，給我的壓力比二十萬還大。

送他回到家後，我覺得酒醒了許多，於是，我對唐孜說道：「你先開車回家，我自己再開回去。現在，我不覺得怎麼醉了。」

「是吧？還是應該安全第一。」她笑著說。

我心想，她今天故意來找我，於是猶豫著、試探著對她說了一句，「小唐，你叔叔的事，我實在有些無能為力。真不好意思，你們可能高估我的能力了。」

她說：「我叔叔是博士生導師，全省知名的放射學專家，雖然當了副院長，但卻被安排分管後勤。馮主任，你說這樣的事情可不可笑？」

「其實，專家最好就是搞自己的科研，帶好自己的學生，幹嗎非得往行政上面去擠啊？小唐，我沒其他什麼意思，只是覺得有些不大理解你叔叔。」我說。

「每個人都有自己的理想。我叔叔能力很強，對醫院的發展也很有自己的思路。可惜的是，他沒有背景，他的想法根本就不能落到實處。馮主任，我說句話你不要生氣啊。比如你們科室的事情，你們自己購買儀器，然後自行收費，這對你們科室的創收確實是有好處的，你也因此受到了科室醫生和護士的擁護，但是，從整個醫院來講，你們所做的事情，可是有害無益的。因為你們的那種做法，侵害了醫院的利益，而且對整個醫院進行科學化、系統化管理都會起到反作用。

「我們是三甲醫院，應該在管理上更加系統化與科學化，而不是搞成現在這樣各自為政，這對於提高整個醫院的醫療技術和醫療服務水準，都是相當有害的。鄧小平說，先讓一部分人富起來，然後再帶動其他的人走共同富裕的道路，這句話聽起來很對，但是，你們科室富裕了後，帶動其他科室共同致富了嗎？沒有。反而，你們這樣做，只會讓其他科室都去效仿你們的做法，結果就會造成醫院的管理越來越混亂，讓病人得到的服務越來越差，付出的金錢卻越來越多。

「長期這樣下去的話，我們醫院將會逐漸走向衰落。因為病人不是傻子，他們不可能就這樣甘心到醫院來挨宰。現在醫院的這種管理模式，說到底是自己將病人往外面趕，這對醫院未來的發展是相當不利的。

「呵呵！這些話都是我叔叔講的，我可沒有這樣的水準。馮主任，我叔叔說，你這個人有些與眾不同，因為你並不喜歡當官，而你不喜歡當官的原因是，你喜歡自己的專業。他還說，一個喜歡自己專業的人，絕對是熱愛這所醫院的，絕不會眼睜睜看著自己所在的醫院就這樣垮下去的。馮主任，我覺得我叔叔說的很有道理，你覺得呢？」她將車開出了唐院長所住的這個社區後，就停靠在了路邊，對我說了這番話。

我不得不承認她說的是事實，而且，也說到了醫院目前管理上的最大問題。其實，我曾經也想過這方面的問題，不過，我總是從「先亂後治理」的思路去分析醫院管理上未來的走向，並沒有想到目前這種管理模式可能會對醫院未來的發展造成什麼樣的損害。

也許她說得對，我們的病人就如同商家的客戶，如果繼續這樣下去的話，今後的情況可能真會不堪設想。

不過，我心裏還是有些不大舒服，因為聽她剛才說的話，就好像我是醫院的罪魁禍首似的。

「那是醫院領導需要關心和決策的事情，我只是建議。我是科室主任，只管科室的發展。」我說道。

「馮主任，你別誤會。我叔叔倒是從來沒說過你什麼，反而他還說你很聰明呢，因為他覺得，你能夠利用目前醫院管理上的漏洞讓科室創收，就是一件很了不起的事情。他還說，你借這個機會穩定了自己的地位，也是非常聰明的做法，所以，他認為你不去當官是一件很大的損失。

「他說，醫院的漏洞就擺在那裏，當你向醫院提出那個方案來的時候，領導要考慮的根本就不是同意與不同意的問題，而是該首先考慮如何解決醫院存在的那些漏洞，儘快拿出一套長遠的科學性的方案出來。可惜的是，醫院領導竟然被你牽著鼻子走了。」她笑著說。

我頓時默然，因為我不得不承認，唐院長的說法是正確的。

一會兒後，我問道：「既然如此，在院長辦公會上研究這件事情的時候，你叔叔幹嗎不提出來？」

「他提出來了啊。可是沒人聽他的。不過，你現在應該知道了，醫院裏其他科室的申請，目前都壓在那裏呢。現在，章院長也很為難了。有些事情被放出去後，就很難收回來的。馮主任，你不知道，最近一段時間來，內科和外科的好幾位護士長天天跑到章院長那裏去鬧，她們都要求得到你們婦產科同樣的政策呢。」她回答說。

我不禁苦笑。不過，我一點都不擔心，因為醫院現在是不可能立即將我們科室所有的檢查項目都沒收的，畢竟我們的事情經過了院長辦公會，如果一下子全部收回去的話，將牽涉到醫院領導的威信。

不過，我完全估計到醫院接下來要做的事情：大的檢查專案不允許科室自行開展，小的專案暫時同意。

到時候，醫院肯定會拿出一筆錢來，將那些設備購買了去，以後就分給各個科室一定比例的提成。

除非現任領導敢於冒著被職工罵的風險，採取非常措施，才會快刀斬亂麻地解決問題。

很明顯，章院長不是那樣的人，因為他現在盯著的是醫科大學校長的那個位置，在這個節骨眼上，他不會去冒這樣的風險的。

但是，我也很矛盾：如果因此造成了醫院未來的巨大損失的話，我將成為醫院的罪人，而且，肯定會在將來被其他科室的人痛罵。

不過，事情已經做了，我不後悔。這不關我的事，是醫院領導同意了的。我心裏又想道。「小唐，也許你叔叔說得對。其實，我也希望醫院馬上出台一整套合理化的管理措施，而且，我也相信你叔叔有這個能力。因為這就如同我們當醫生的一樣，既然診斷出癥結所在，治療起來就容易多了。但是，我確實幫不了你叔叔這個忙，因為我根本就沒有這個能力。」

「對你來講，肯定有難度，因為我叔叔畢竟和你沒有更深的關係，你完全沒有必要去做這樣的事情。假如是我的話，也會像你這樣想。不是嗎？假如某位領導問我，唐院長和你是什麼關係啊？你幹嗎要幫忙他啊？那我怎麼回答？」她點頭道。

確實如此，但我不能承認，「不是這樣的，是我沒有那麼大的能量，真的。」

「馮主任，我餓了，我們去吃點東西好嗎？今天晚上一直都在喝酒，一桌菜幾乎沒吃。」她卻忽然這樣說道。

說實話，我也覺得有些餓了，而且現在，我心懷愧疚，「好，你想吃什麼？」

「前面有家大排檔，我們去那裏。點幾樣涼菜，煮一鍋麻辣牛蛙，很舒服的。」她說。

「好。」我覺得這樣很不錯，味道好，而且很自由。

第五章

吃軟不吃硬的性格

逼迫別人去替自己辦某件事情，
最常用的辦法，無外乎就是女色與金錢。
而在對方上鉤後，多數人採用的是脅迫手段。
唐孜卻不是這樣，她竟然說「辦不了就算了」。
可是，我卻覺得壓力更大了。我不得不承認，
她這樣的處理方式更有效果。
有些人是吃軟不吃硬的，而我似乎也有著這樣的性格。

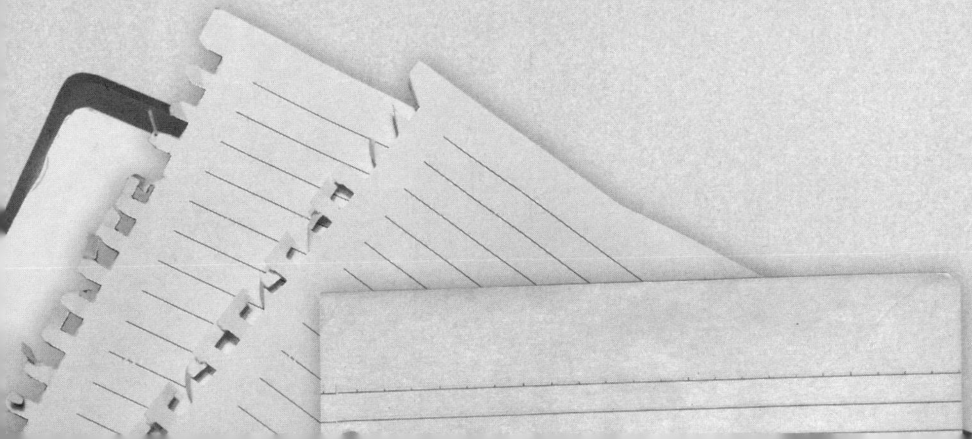

吃宵夜的地方很開闊，人也不少，大多是喝酒的。

我和唐孜相對而坐，桌上是幾樣涼菜，還有一大盆水煮牛蛙。看上去很不錯，紅豔豔的，而且香氣撲鼻。

「你還能不能喝酒？」她問我道。

「才喝了，剛剛醒過來，不喝了吧？」我說。

「喝點吧，我聽說喝啤酒可以解前面的白酒。」她笑道。

「反正你喝不醉，我可不行。」我很猶豫，因為周圍的人都在喝酒，那種氣氛很讓人心動。

確實是這樣的，喝酒可是需要氣氛的，在現在這樣的環境裏，不喝酒反倒顯得不正常了。於是，我有了一種想要融入這種氣氛裏去的欲望和衝動。

「我想喝點，現在我想起那個姓王的就生氣。唉！你幹嗎要走啊？一直管我們多好？」她說。

「那也很難說，我批評起人來也很厲害的。」我笑道。

「只要你批評得有道理就行，問題是，他完全是故意刁難我們。對了，他還很色，經常色瞇瞇地盯著我的胸部看，太噁心了。」她說。

我不自禁地將眼神移到了她的胸部，發現她突起得很有型，而且似乎還不小。

「你看什麼呢？」她忽然發現了我眼神的去向，頓時嬌嗔地道。

我不禁尷尬起來，急忙移開了眼神，苦笑道：「對不起，被你剛才的話給誘導了。」

「你們男人啊，唉！來吧，我們喝酒。」她瞪了我一眼，隨即便笑了起來。

我頓時暗暗地鬆了一口氣。

夏秋季是夜啤酒的高峰時期，處處大排檔都會出現爆滿的情況。外地到這裏來的朋友總會被主人家邀請去喝一場夜啤酒，當然，會有其他的朋友相陪。這樣的安排很划算，不但花不了多少錢，而且，還能夠讓外地來的客人感受到這座城市的豪爽、好客的性格。

每座城市都有自己的性格的，而唯有豪爽、好客的性格，才會被眾人稱讚。更何況我們這座城市還盛產美女，這道風景線，往往讓外地的朋友豔羨不已。

本地人也很自豪，經常在外地人面前誇讚自己家鄉的這道風景線，但卻往往會忘記其中最重要的一點：那些美女可是別人的。

我們所在的這處大排檔裏也有不少美女，她們當中不少正在與男人划拳或者碰杯，巾幗不讓鬚眉的風範頓時展露無遺。

而我的面前是唐孜，我可以這樣講，在這處大排檔裏，應該數她最漂亮。所以，她很吸引人。

我可以感受到四周無數的目光不時朝我們這裏投射過來。

我頓時也有了一種自豪感，這種自豪感是情不自禁升騰起來的，因為我是男人。

雖然唐孜並不是我的女朋友，但是，能夠與這麼漂亮的女孩子在一起喝酒，總能夠說明自己是有魅力的，至少其他那些人會這樣看我。

所以，男人其實是很虛榮的動物。

虛榮是什麼？虛榮就是這種莫名其妙的自我感覺良好。

說起來，男人真是奇怪無比，複雜起來的時候，步步千慮而行，但簡單的時候，卻如同傻子一般可笑。比如我現在，竟然就在這莫名其妙的虛榮中，開始與唐孜大杯地喝起啤酒來。

「馮主任，謝謝你今天請我們吃飯。」她朝我舉杯。

我喝下，笑道：「沒事，不就一頓飯嗎？何況還不是我花的錢。」

幾分鐘後，她又端杯，「謝謝你陪我喝夜啤酒。」

「別這樣說，也是你在陪我喝。呵呵！小唐，你說話太客氣了。」我笑道，

「這次少喝點吧，我們都隨意。」

她卻獨自一下子就喝完了，「你隨便吧。我想喝酒，你知道這是為什麼嗎？」

我不得不問，「為什麼？」

她朝我笑，然後，一頓一頓地對我說道：「因為，今天，是，我的，生日。」

「啊？不會吧？今天晚上的時候，你怎麼不說？」我頓時責怪起她來。

「我傻啊？那時候說了的話，你們豈不是都來敬我的酒了？我雖然酒量不錯，但也不能那樣喝啊？何況，我還要給你開車呢。」她說，大大的眼睛在燈光下一閃一閃的。

我大笑，「有道理。好，既然今天是你的生日，那我就好好敬你幾杯。嗯，來，這第一杯，我祝你越來越開心，越來越漂亮。」

「謝謝，你真會說話。」她笑著與我碰杯，然後喝下。

隨即，我問她，「小唐，既然今天是你的生日，怎麼不找幾個好朋友和你一起過呢？你看，現在蛋糕、蠟燭都沒有，太遺憾啦。」

「本來是準備約幾個同學一起過的，誰叫你要馬上去請我叔叔出來吃飯啊？我又不好說今天是我的生日，只好放棄了。」她噘嘴道。

我頓時笑了起來，「哦？這麼說來，還是我的不對了？那麼，以前你的生日是怎麼過的呢？你說出來我聽聽，看能不能補償你一下？」

「我去年的生日是先請朋友們吃飯，然後，去迪斯可舞廳跳了一晚上的舞。真爽！」她說。

「年輕真好。這樣吧，你把你最好的朋友叫上，然後，我們一起去迪斯可，我請客，怎麼樣？」我說。

「真的？那我真的打電話了哦？」她頓時高興了起來。

「我什麼時候開過玩笑？呵呵！今天我也和你們年輕人一起好好高興高興！」我笑道。

這個迪吧位於這座城市的最深處，我從來不曾來過這裏。在我面前，它顯得那麼的陌生，甚至有點深不可測。

唐孜的四個同學都是女的，和她差不多大的年紀，不過，都沒有她那麼漂亮。本來開始的時候我還有些惶恐，因為我擔心要來的會有男同學。

和她在一起，在年齡上，我有著一種極度的自卑心理。

進去後，我找了一處地方坐下，唐孜要了一瓶洋酒。

服務生伸出手來要錢，我這才知道，這地方是需要馬上付費的，急忙掏錢。

隨後，我們開始喝酒。

開始很不習慣這樣的場所，因為我根本就聽不清她們在說什麼，只看得見她們臉上在綻放著笑容。

但是，慢慢我就習慣了，而且還感覺這樣的地方不錯。因為我不需要去管她們在說什麼，只要喝酒就行，只要自己的臉上一直保持著笑容就可以了。

唐孜來拉我的手，然後，把我拉到了舞池裏。她的那幾個同學也進了這裏，頓時，我們都混入了人頭攢動的舞池之中。

我的眼裏全是迷離的燈光，宣洩的勁舞，還有搖晃的人頭。

一片藍色的銀光裏，數不清的人頭在攢動，群魔亂舞。搖曳的燈光吻著晃動的身影，我覺得自己似乎是飄在了空中，搖搖欲墜。

我的心疊著別人的影，抓不住，也走不出。

無數道射線刺激得我的大腦即將爆裂，靈魂似乎正向由彩色曲線組成的另一個世界飛去。

我將身體融化在音樂裏，腳步踩著鼓點跳躍，心隨著節拍激動。

跟隨著強勁的節奏，我舞動著身體，好像全世界只剩下我一個人。

我不停舞著，就像是回到了原始部落，用肢體語言表露出瘋狂、單純的想法。

這種身體釋放的感覺，真實得讓我自己感動。

「告訴我，你還要——不——要——？」DJ富有磁性的聲音在樂聲中響起。

「要——！」瘋狂的人群高舉手臂揮舞著，嘶喊著，有節奏的擊掌聲中，不時劃過幾聲尖利的口哨。

我試著甩了幾下頭，昏昏沉沉的感覺便愈發強烈了，但昏沉中，卻有一種不明所以的舒適感，暈暈地，虛白地，完全沒有了意識的感覺，悄悄由頭部向全身擴散開去。

但我的思維仍是清晰的，我清晰地觀察著周圍的每一個人，奇怪自己怎麼就無法達到那樣一種瘋狂的境界。

我還發現，這裏有種無形的力量，可以讓人無羈地宣洩。一切煩惱與憂愁，壓力與不快，此刻全部拋至腦後，什麼也不去想，什麼也不會想，所能做的只是不停舞動，舞動。

此時，彷彿天地間只剩下音樂了。

唐孜就在我眼前，她在笑，笑得美極了。

我也在朝她笑，她伸出了她的雙臂，然後放到我的雙肩上。

她依然在朝著我笑，同時隨著音樂一起，和我一起扭動著她的身軀。我完全被這樣的氣氛籠罩著，而且，早已經被這樣的氣氛給俘虜了。

所以，她這樣並沒有讓我感到有什麼不合適的地方，反而地，我覺得很興奮，很愉快。

她在朝我靠近，隨著音樂的節奏，頓時就感受到她身體的嬌小柔軟，情不自禁地將她緊抱，沒有一絲的惶恐與尷尬，就好像這一切都是那麼的自然。

她的雙手來到了我的臉上，輕輕地捧著我的臉，彷彿是在欣賞。隨即，她的唇緊緊地貼在了我的唇上。

我的心臟忽然出現了一陣顫動，隨即便感覺到了她傳遞給了我的一種微甜。

周圍的人彷彿在散去，音樂聲也似乎飄散去到了宇宙之中，這個世界彷彿只剩下了她和我……

半夜時分醒來了，頭痛欲裂。

忽然發現，自己是在一處不熟悉的地方，也忽然想起，自己彷彿剛才做了一個很長、很長的夢。

手上觸及了一叢柔順的秀髮，霍然一驚。急忙去看，果然是她。唐孜。

可是，她卻與我一起包裹在一床被子裏。

我清晰地感覺到，自己一絲不掛，而且，我的肌膚告訴我，她也是如此。

那個夢不是夢？是真實的？

我不記得自己是怎麼離開舞廳的，腦海裏存留下來的印象是，自己正和一個漂亮的女人在潔白的床單上面翻滾，然後，她開始親吻我身體的每一寸肌膚，她給予了我極大的欣快感受，靈魂與血液頓時處於噴發的邊緣。不多久，我就感覺到自己猛然爆炸了，隨後，便進入無邊無際的黑暗之中……

現在，我知道了，那不是夢，那一切曾經真實地發生過。

她是唐孜。現在，她就躺在我身旁，與我處於同一個被窩裏。

她為什麼要這樣做？這是我最先想到的問題。

我知道，這件事情絕不是那麼簡單，絕不可以用酒後失態來解釋。想起她叔叔昨天找我談的事情，我心裏頓時掉落到了谷底。

我伸出手去搖晃她的雙肩。她穿著衣服的時候，我曾經感受過她雙肩的瘦削，而現在，我的手上傳來的，卻是一片柔軟和滑膩，眼裏是一片白皙。

「小唐，你醒醒！」

「讓我再睡一會兒……」她睡意矇矓地嘀咕道。

「唐孜，你醒醒，告訴我，為什麼要這樣？」我繼續地搖晃她的雙肩。

她睜開了眼，迷糊了片刻之後，忽然朝我笑了起來……

現在我已經清醒，不可能被她美麗的笑容迷惑，「告訴我，為什麼要這樣？」

「你不喜歡我這樣？」她卻反問我道，身體朝我轉了過來，我發現，她的前胸竟是那麼的碩大有型。

「別開玩笑了。告訴我，為什麼要這樣？」我繼續地問，臉上沒有一絲笑容。

「他不是我的叔叔，他是我父親。」她不再笑了，神情黯然地對我說了一句。

我一時間沒有反應過來，「誰？和我有什麼關係？」

「我是他的女兒，是他的私生女兒。他是我的父親，我願意為他付出自己的一切。馮笑，你明白了吧？」她回答說。

這下，我頓時明白了，「可是，我辦不了這件事情。」

「你辦得了的，只要你願意。我知道。」她說。

我搖頭，「我辦不了，對不起，讓你白費心思了。」

我完全沒想到，她會為了她父親的事情，做出這樣的選擇。雖然我並不知道她究竟為什麼要這樣，但是有一點我可以感覺到：唐院長在她的心裏，有著非同尋常的地位。

「辦不了就算了。今天是我的生日，我喜歡，我高興這樣。」她忽然朝我笑了起來。

我頓時怔住了。

逼迫別人去替自己辦某件事情，最常用的辦法，無外乎就是女色與金錢。而在讓對方上鉤後，大多數人採用的是脅迫的手段。但是，唐孜不是這樣，她竟然說「辦不了就算了」。

可是，我卻覺得壓力更大了。所以，我不得不承認，她這樣的處理方式應該更有效果。因為，有些人是吃軟不吃硬的，比如古代的關羽。而我似乎也有著這樣的性格。

是的，如果她真的要威脅我的話，我肯定會硬撐下去，大不了就是不當那個醫生罷了。當然，這裏面還有一個因素，如果她採用威脅手段的話，那麼，受傷的就不僅僅是我了。她自己，還有唐院長，都會身敗名裂。

現在我就在想：如果我就是不答應那件事情的話，會是什麼樣的一種結果？

我不知道。

唐孜這一招使用得特別高明，因為我發現，自己根本就無法知道今後可能會出現的結果。

有時候，軟的方式可能會比強硬更具有威懾力。牙齒再硬也會比舌頭先爛掉，其中的道理，真是妙不可言。

所以，現在的我完全就沒有了招架之功，唯一的辦法就是沉默。

但是，我卻無法入睡，因為我心裏在泛起漣漪。

可是，她卻說話了，「馮笑，從現在開始，我就直接叫你的名字了啊，私下的時候。可以嗎？」

「可以。」我悶聲悶氣地回答道。

她頓時笑了，「喂！我是女孩子呢，怎麼好像吃虧的人是你一樣啊？」

我卻笑不出來，「唐孜，我還是想不通，你為什麼要這樣？」

「我不是說了嗎？你好煩人的。馮笑，前面你喝醉了，現在我還想要，怎麼辦？」她問我道。

「那你先告訴我，如果我真的無法幫你叔叔，哦，你父親，那你準備怎麼辦？」我問道。

「涼拌。」她說，「我知道你是一個負責任的男人，這就夠了。對了，你千萬不要對任何人講他是我父親的事情啊。」

「你為了他這樣做，值得嗎？」我問道，心裏老是在縈繞這件事情。

「沒有什麼值得不值得的，我願意還不行嗎？」她說。

「唐孜，你讓我好為難。」我不禁歎息。

「別想那麼多了。來吧，我們再來一次。今天可是我的生日。嘻嘻！來吧。」

她在我耳畔輕笑道。

我克制著自己，「唐孜，你沒有男朋友嗎？你好像……已經不是處女了吧？」

「你傻啊？我多大了？怎麼可能還是處女呢？你是不是很喜歡聽我們女人講我們的第一次給了誰？好吧，我告訴你。」她笑道。

我心想：反正都這樣了，那就聽她說吧。

「那一年我十二歲，本應是充滿笑聲的童年。但是，一切被我父親毀滅了，他拋棄了媽媽，連我們三姐弟也拋棄了，一跑了之。

「後來，等他弄到一無所有的時候，竟然自己回來了。他那時還不到五十歲，也不去工作，每天就是去打麻將，住在我媽媽的屋子裏。連最基本的家用也不交。

「再後來，有一天，鄰居跑來說媽媽服毒自殺了，那時候，我正讀高三。我跑到媽媽面前的時候，她還沒有斷氣。我當時哭得像個淚人似的。媽媽拉著我的手對我說了最後一句話：『小孜，媽媽對不起你。你去找你親生父親吧。這麼多年了，我怕影響他的前途，所以，一直沒有告訴你，也沒有告訴他，有你這個女兒。你現在的爸爸也是因為這件事情才這樣恨我的，你不要怪他……』」

「我這才明白一切。原來，我親生父親和我媽媽是青梅竹馬的初戀情人，後來，我外婆卻強迫把我媽媽許配給了我後來的那個父親。

「馮笑，我的故事很俗吧？不過卻是真實的。有時候我就想：不知道這樣的故事還有多少人在上演。

「我第一次見到親生父親的時候，激動得全身發抖，因為我從來沒見過那樣慈祥的目光。因為媽媽去世的影響，我高考成績很不理想，叔叔他就安排我進了江南醫大的護理專科就讀，畢業後，就把我留在我們現在的醫院。

「但是，他早已經有了自己的家庭，所以，我不能叫他爸爸，只能在私下那樣叫他。馮笑，我的故事只有你知道，這是我第一次告訴別人。因為我覺得，你這個人值得信任，而且，我現在已經是你的女人了。

「對不起，昨天晚上我是故意把你灌醉的，因為我真的想幫我父親。對了，我忘了，你很想聽我的第一次是不是？其實很簡單，他就是我現在的男朋友，和你在一起，是我第一次出軌。我們馬上就要結婚了。」

她的身體依偎在我懷裏，一直在緩緩地說著。雖然後來她的語調變得輕鬆起來，但我依然沉浸在她前面講述中的那種淡淡憂傷之中。

現在我明白了：其實，我和她之間僅僅是一種交換。她用她的肉體來換取她親生父親的位置。可是，我真的能夠幫到她嗎？

不過，我還是很感謝她的，至少她沒有完全顛覆我心中她那純潔的印象。直到現在，我也不能完全理解她為什麼要這樣做，因為我不能想像，她對自己親生父親怎麼會有那麼深的感情。或許是不曾得到過真正的父愛，所以才加倍珍惜吧？現在，我猛然地有了一種巨大的壓力。

我說：「唐孜，我真的不能保證這件事情能替你辦到。我很擔心會對不起你。我說的是實話，因為我心裏一點底都沒有。」

「馮笑，別說了。我知道你有辦法的。今天我們不說這件事情了，如果你真想幫我的話，明天你去找我叔叔商量具體的辦法吧，他會告訴你的。今天是我的生日，我們好好高興高興。」她說，手開始溫柔地撫摸我的肌膚。

雖然我的激情已經再次被她撩撥了起來，但是，忽然想到她是即將結婚的人，而且，和我只是一種交換，所以，我忍不住問了她一句：「你，你和你男朋友感情深不深？」

「馮笑，你怎麼這麼無趣呢？我們不要說這件事情了好不好？我只想告訴你一句話，他在我之前，還有一個女人，我可不能吃虧。而且，我的同學對我說過，一個女人這輩子只有一個男人，是一種悲哀。」她輕輕地在我的胸上掐了一下。

我頓時覺得自己真夠傻的，美色當前，還去想這些事情幹什麼？

於是，我猛然掀開被子，去欣賞她的胴體。先前，我醉了，只是把前面的一切當成了一場春夢，她給我的美好其實在我的腦海裏是非常模糊的。而現在，我必須要飽覽秀色，因為這次過後我們將不可能再像這樣在一起了。她說了，她馬上就要結婚了。

她真的太美了，特別是她的前胸竟然是如此的飽滿，而且還是那麼的白皙。

這丫頭確實讓人銷魂……

我和她都是一夜未眠。我知道，過了今天，或許今後永遠都不會再有這樣的機會了。不是因為我對她有什麼感情，而是她的肉體太讓人著迷。

所以，我一次次去享受它，試圖把今天所有的歡娛都浸入自己的記憶裏。

第六章

權力和財富織成的網

我的身上有一張網。
這張網牽扯到林易、常育以及她身後的黃省長。
而黃省長代表的是權力，林易代表的財富。
權力和財富織成的網是吸引人的，於是，有那麼多飛蛾撲過來。
他們寧可掛在這張網上，而且，覺得這是一種榮耀。

醒來的時候，已經是中午，身邊已經沒有了她的蹤影，但是，卻殘留著她特有的芬芳。

中午我隨便找了個地方去吃飯，同時給家裏打了個電話。保姆告訴我一切都好。我說，昨天夜班一直在做手術，後來忘記給家裏打電話了。

她說，沒事，我知道你忙，家裏有我呢。林老闆對我說了，要給我加工資。

我說，我也給你加。

我還沒等她說什麼，就掛斷了電話。家裏沒事就好。

我要了一葷一素兩個菜，還有一碗米飯。我真的餓了，所以吃得很香。不過，我覺得自己的內心更寂寞了，因為忽然想起昨天晚上的事情來，覺得自己是那麼無聊，是那麼墮落。

我孤獨地吃完了飯，然後去到科室裏。我心裏並不擔心什麼，因為我的手機沒有未接來電。

在辦公室裏泡上了一壺茶，然後等待上班時間的到來。

我在想，一會兒怎麼去對他說呢？想到自己和他的私生女做了一夜那樣的事，我心裏就覺得慚愧萬分。不過，轉念又想：管他的！章院長的女兒不也和自己那樣了嗎？

想到這裏，我腦子裏忽然升起了一個十分怪異的想法：我們醫院院長們的孩子，是不是都是女兒啊？是不是都很漂亮啊？忽然又覺得，自己這個想法太過匪夷所思、荒唐下流了，即刻，我輕輕拍打了一下自己的臉：憑笑啊，你現在怎麼變成這樣了呢？

其實，我自己也覺得現在變化太大了，變得連我自己都不敢相信自己了。

我不知道為什麼會這樣。

以前，我把自己的這種變化分析為自己的墮落造成的，但是現在，我不覺得僅僅是這樣了。因為我發現，似乎有一種無形的力量在拉著自己那樣去做。

為什麼會這樣？我不住地想。後來，我似乎明白了，那個力量來自我周圍隱藏的那張網。

是的，我的身上有一張網。這張網牽扯到林易、常育以及她身後的黃省長。而黃省長代表的是權力，林易代表的是財富。權力和財富織成的網總是非常吸引人的，於是，才有那麼多飛蛾撲過來。他們寧可掛在這張網上，而且，覺得這是一種榮耀。

終於到了上班的時間。我依然在猶豫：是去呢，還是不去？

正猶豫著的時候，護士長來了，她身後還跟著兩個護士。

護士長把一個帳本遞給我了我，「馮主任，你看看這個月的賬目。」

我點頭，接過來看。其實，我也只能看個大概，隨即去問兩位護士，「你們都看了吧？」

她們都在點頭。

「好，你們三個人分別簽字，還有醫生代表也要簽字。最後才是由我簽。護士長，我沒有別的意思，因為這件事情牽涉到我們科室每個人的利益，千萬不要在我們內部出現什麼問題才好。

「現在，醫院裏面已經夠亂的，這樣的專案還能夠開展多久都很難說呢。你們可能都知道了，內科、外科的護士長們天天跑到醫院領導那裏去鬧，要求享受我們一樣的政策。所以，我們內部不能出問題，爭取在醫院新的政策下來前，讓每個人儘量多賺點錢。」我說道。

我說的是很現實的問題，但是，我的目的卻並不僅僅在於此，因為我要求她們每個人簽字，說到底就是要她們擔負起責任，免得有人在中間搗鬼，或者聯合在一起搗鬼。

這叫防患於未然。

現在我發現，自從自己有了那家公司後，很多事情考慮得周全多了。管理是一件十分複雜的事情，但是關鍵是方法得當，而且，還需要不動聲色地將可能存在的漏洞未雨綢繆地補上。

她們很快就簽好了字，然後我才簽了，隨即對護士長說：「算過沒有？每個人有多少？」

「算過了，但是領導那裏……」護士長說，看著我欲言又止。

「還是按照上次的標準給。這是必須的，不要在乎那點小錢。你們看，現在醫院其他科室的人都在羨慕我們呢。沒有領導的支持，我們不可能有這筆收入的。要懂得算賬，眼光要長遠。這個月發下來的錢就可以讓大家收回成本了，今後的都是純利潤了。多好的事情啊？你們說是不是？」我笑著對她們說道。

她們都笑了。

護士長問我：「那幾個借你錢的，是不是先把她們的錢扣掉，還給你？」

我即刻正色地道：「先發給她們吧。她們借我的錢，是我和她們之間的債務關係，她們什麼時候還給我，是她們和我之間的事情。直接扣了算什麼事？好像我擔心她們不還似的。」

護士長不再說話了。我覺得，她有時候處理事情真是很幼稚。不過，我相信她不是有意要在中間起壞心眼，因為她如果真要起壞作用的話，肯定是先扣掉了那筆錢再說。

隨即，我吩咐護士長，把準備分給領導的錢馬上給我送來。

我心想：這樣更好，我就有理由去到唐院長的辦公室了。

其實直接去他那裏也是可以的，只不過是我做賊心虛，心裏彆扭罷了。

還是先去到了章院長那裏。

依然如上次般的，他微笑著將錢放到了他的抽屜裏，似乎並沒有把那疊錢看成是錢。他這樣，我反而忐忑了，於是準備告辭，可是，他卻叫住了我，請我坐下。

我知道他是有事情要對我講，於是，端正地坐在那裏，等候他發話。

「你找王鑫的事情，我知道了。」他說。

我霍然一驚，急忙地道：

「章院長，我沒其他什麼意思，就是作為朋友和他簡單地談談，因為我不想那個專案出什麼事情。您不是對我說過嗎？讓我繼續協調其中的工作啊。本來我也是不想去說什麼的，但是我發現，他和上官琴之間處得有些太僵了。我知道，那是您的重點專案，不想因為這樣的事情影響到了大局。」

說完之後，我頓時就後悔了，因為我自己也發現，自己顯得過分敏感心虛了。

還好的是，他依然在朝我微笑，說道：

「我都知道。王鑫就是這些地方不如你。不過，他有個長處，那就是做事情穩重，而且為人很厚道。他特地到我這裏來表揚你了，說他很感謝你對他的提醒。」

我頓時怔住了，因為我想不到王鑫竟然這樣做了。不知道是怎麼的，我心裏卻並沒有感謝他的想法，反而地，我覺得這個人似乎比我以前想像的聰明、可怕。

我覺得，他的聰明和可怕，就在於他非常審時度勢，這可不是一般人可以做到的。

我用笑容掩飾了自己內心的震驚。

「詩語回來了，這次她取得的成績不錯，很感謝你和你岳父。」他卻即刻轉換了話題。

「那也是她自己的底子比較好。不過，今後她的路可就要靠她自己去走了。」我說，心裏忽然想起孫露露對我說的那些話來，頓時微微不安起來。

「莊晴一直沒有給我回話。」他又說道。

我頓時想起來了，上次他好像對莊晴說過，想讓她幫忙引薦那位導演的事情。

但是我想：他和莊晴曾經發生過那樣不愉快的事情，他說這句話的目的，應該不是想找莊晴，而是想找莊晴的那位導演。

「這件事情您可要跟我岳父商量了，因為當時是他幫莊晴聯繫的那位導演。」我只好實話實說。

「是的，我已經告訴過他了，不過……小馮，你看，還有其他什麼辦法沒有？」他問我道。

我頓時明白了，林易可能並沒有答應他。

不過，我也不知道該怎麼辦，於是依然採取了拖延策略，「我想想再說，好嗎，章院長？」

他朝我微笑著點頭。

於是，我起身告辭，這次他再也沒有留我了。

出去後，我不禁鬱悶：怎麼啥事情都找我啊？

去了其他幾位副院長的辦公室後，最後才去了唐院長那裏。

結果，到唐院長辦公室的時候，已經接近下班的時間了，剛剛在他辦公室門口的時候，就接到了一個電話，竟然是章詩語打來的，說道：

「我回來了，晚上你請我吃飯好不好？就我們兩個人。」

「我有事，一會兒給你打電話。」我說。

這一刻，我的內心極其矛盾。一方面，她的聲音讓我的腦海裏頓時浮現出了她的美麗，所以，頓時就內心蕩漾起來；另一方面，我心裏不住告誡自己，千萬不要再和她來往。

而且，現在我確實有事情：我要去見唐院長。

昨天晚上，我和他女兒歡娛了一夜，現在還必須硬著頭皮和他面對面。我是本院的醫生，逃跑不是辦法。

他在屋裏，因為我聽見了他的聲音，「請進。」

我猶豫了一瞬，然後才推門而進。

他看到我後，臉上全是笑容。

我心裏頓時長長地舒了一口氣：幸好他不知道我已經把他女兒拿下了。

我還是先去給他錢，他卻在推辭。他是今天唯一推辭的一位副院長。

我說：「唐院長，唐老師，這是另外一碼子事情。您收下後，我們再談昨天晚上的事情。」

他這才收下了，隨即歎息道：「小馮啊，你考慮得太周到了。至少你這樣做，不會讓大家在會上對你們科室的事情說什麼了。其實，這也是一種綁架呢，你可是綁架了我們啊。錢不多，但是威力巨大。聰明人啊。」

我急忙地道：「哪裏啊？我一點沒那個意思啊。」心裏卻在想道：你女兒還不是把我給綁架了？用她的肉體！而且，還綁架了我好幾次！

「怎麼？你想到辦法了？」他問道，隨即看了看時間，「這樣吧，我們找個地方一邊吃飯一邊慢慢談。」

我急忙地道：「晚上我還有其他的安排。對不起。唐院長，我只是想來問問您，您覺得這件事情，我該怎麼去做才有效果呢？」

他皺眉，說道：「哦，這樣啊。那也行，我簡單講講好了。首先，謝謝你願意幫我這個忙，這件事情肯定是有一定的難度的，因為畢竟還有其他的競爭對手在嘛。」

我點頭，「是啊。」心裏想道：你昨天晚上不是說很簡單嗎？

「這件事情，首先得章院長首肯。如果他去學校那邊當校長的話，那麼，接替他的人至少要讓他感到滿意才是。我知道，你和章院長的關係不錯，特別是你的岳父，所以，這件事情並不難。

「此外，雖然我們醫院的院長是由省委組織部任命，但是，我們學校的推薦意見也很重要，所以，未來校長和書記的意見都很重要。

「不過，我覺得只要做好了章院長的工作，也就差不多了，因為還有一條更重要的途徑，可以避開學校這一關，那就是省委組織部直接下達任命。也就是說，省委組織部可以用定點考察某個人的方式，決定這件事情。所以，做好省委組織部的工作才是最重要的。這樣一來，即使學校準備推薦其他的人，也沒有什麼用處了。這叫釜底抽薪。」他說道，聲音很細小。

我估計是他擔心屋外有耳。

我不禁在心裏苦笑：說了半天，還是這樣解決問題。

「你可以先找你那同學商量一下怎麼辦，然後，再考慮下一步。小馮，這件事情拜託你了。」他繼續地說道。

我點頭，說道：「好吧，我問了他再說。我只能這樣向您表態：我會盡力，但是，卻不能保證最終的效果。」

他朝我笑，說道：「只要你盡力就沒問題了。」

我詫異於他的這句話，同時感覺到，他似乎是在朝我施壓，心裏頓時惶恐：難道他知道了昨天晚上的事情了？我頓時有些不知所措起來。

他在看著我笑，說道：「俗話說，一把鑰匙開一把鎖，關鍵是要找對那把鑰匙。小馮，你是很聰明的人，應該找得到那把鑰匙的。」

「儘量吧。」我說，心裏不禁對他的這種語氣有些反感。

「小馮，就這樣吧，這件事謝謝你了。對了，昨晚小孜沒有回家，你知道她後來去了什麼地方嗎？好像是她送你的吧？」他隨即站了起來，忽然問我道。

我大吃一驚，急忙地道：「是啊，她沒有回家嗎？昨天晚上我喝醉了……哦，我想起來了，她好像說，昨天是她的生日，還說要去約她的朋友一起喝酒。」

「這樣啊。我說呢，打電話她也是關機的。今天上午我問她，她卻不告訴我。唉！現在的孩子啊，大了就不怎麼聽話了。好啦小馮，就這樣吧，麻煩你啦。」他朝我笑道。

不知怎麼，我頓時覺得他的話好像很有深意，但是我來不及細想，因為我的內心已經充滿了惶恐。於是，我急忙地出了他的辦公室，這才發覺自己的手心裏全是汗水。

上了自己的車後，才想起章詩語打的那個電話來。我發現，緊張與惶恐也可以造成人短暫的失憶。

電話通了，我朝她道歉說：「對不起，剛才領導在找我談事情。」

「是我爸爸吧？」她笑著問我道。

「不是，別的院長。」我說。

「還算你老實，我爸早就出去喝酒去了。我也就是試探一下，你是不是對我說實話。還不錯，馮笑哥哥，你是個不錯的男人，床上的功夫好，對人也比較真誠。所以，我很喜歡你。」她輕聲地在笑。

「聽說你取得了不錯的成績，恭喜你。說吧，想吃什麼？」我急忙地道。

說實話，我不大習慣她這種說話方式。

「吃飯不重要。這樣吧，我們直接去你的別墅那裏，我們在路上買兩個麵包吃就是了。馮笑哥哥，你不知道，我最近一直很想你，你馬上來接我吧。」她說。

別墅裏。我的臥室。

空調已經打開，房間裏溫暖如南國的春天。

今天晚上，一直都是她主動，她的動作近乎瘋狂，而她的美麗卻讓我一直長久地保持著矗立的狀態。

她就像那浩瀚無邊的湛藍海洋，孕育著這一道道的波浪不斷向我湧來，撞擊在我的身上，隨即，我們發出了天崩地裂的吼聲。

我們就這樣隨著潮起潮落，隨著波浪翻滾，最激情時就如狂潮拍石，鏗鏗鏘鏘。我們的嚎叫聲、喘息聲此起彼伏，一直到最後。

而我則像打了敗仗的潮水，緩緩地變得銷聲匿跡……

我頓時昏睡了過去，再一次感覺到她與其他女孩子的不一樣。因為她太過瘋狂，讓我極盡歡娛的同時，又有一種被抽乾了力氣的頹然感覺。

這是個什麼樣的女孩子啊？我記得在昏睡前，忽然冒出了這樣一個念頭。

後來，她將我推醒了，說道：「馮笑，快送我回家。」

我全身幾乎沒有了力氣，「我想要睡覺。」

「不行，你必須馬上送我回去。」她拚命在拉扯我的手。

我只好起床，頓時覺得自己的雙腿在不住打戰，說道：「詩語，我真懷疑你是狐狸精，你怎麼這麼厲害啊？」

「討厭，有你這麼表揚人的嗎？」她大笑。

我急忙去到洗漱間用冷水洗了一把臉，這才感覺到精神多了。

隨即，我開車送她回家，心裏也在慚愧：今天差點就不準備回家了。

躺倒在家裏床上後，我才急忙拿出手機來看，發現上面有一個未接電話，還有一條簡訊。都是江真仁的。

我不想回電話了，也不想看了。我頹然倒下便睡。睡下前，我在心裏發誓：今後再也不和章詩語這個小妖精玩了，她太可怕了。

第二天上午去上班的時候，再一次想起江真仁的未接電話，這才撥打回去。

「馮笑，蘇華出事情了。」他說，聲音低沉，似乎有著無盡的悲傷。

我大驚，說道：「怎麼啦？出什麼事情了？」

「她被傳染了。已經……唉！都是我的錯。」他說，電話裏即刻傳來了他「嗚嗚」的哭聲。

「你現在什麼地方？蘇華在哪裏？」我問道，簡直不敢相信他的話是真的。

第七章

一個生命的結束

就在蘇華的墳前，我一直獨坐到晚上。
石頭上好冷。已是深秋了，這涼意透徹了我的全身。
深夜小河邊是陰冷的，涼瑟瑟感覺直滲到我的骨頭縫裏，
鑽進我身上每一個細胞之中。
我不敢再待下去，生怕自己的命也會在這裏結束。
終於，我以極輕的步子離開埋葬蘇華的地方。

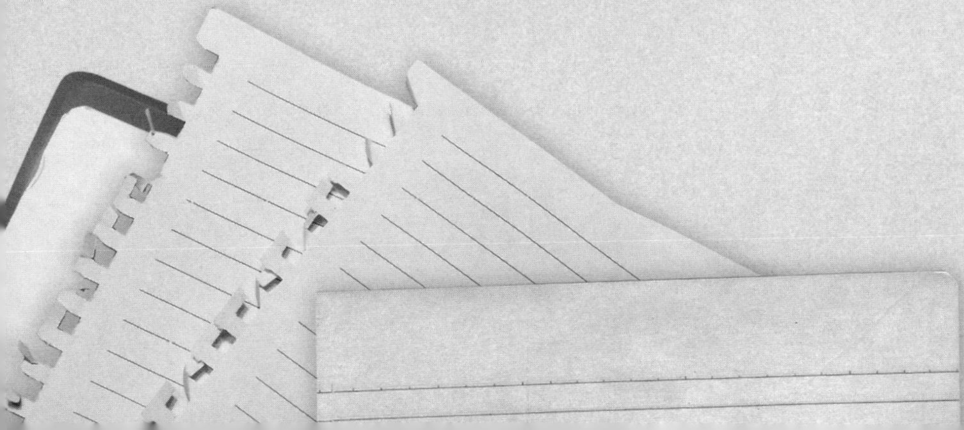

霍亂是由霍亂弧菌所致的腸道傳染病，臨床上以劇烈無痛性瀉吐，米泔樣大便，嚴重脫水，肌肉痛性痙攣及周圍循環衰竭等為特徵，常因急性腎衰竭或者急性肺水腫而導致死亡。

霍亂是非常可怕的流行性傳染病。太平天國的時候，霍亂大流行，史書記載：「同治元年自四月至於八月大疫，日死數百人，十家九絕。」

當年海地霍亂流行，造成近萬人死亡。由此可見這種疾病的可怕。

這個疫區的霍亂爆發極其忽然而猛烈。據說，最開始是一位小鎮馬姓婦女患了此症，其妹聞訊從鄉間來鎮探望，結果妹亦染病，同歸於盡。當地人不明所以，結果親朋好友去奔喪，就開始出現大面積的霍亂流行。

疾病最初暴發的時候，當地縣醫院即刻組織醫生前往，但卻無一生還。由此，醫務人員都人人自危。當地政府這才意識到了問題的嚴重性，即刻採取措施。但是，因為疫區的人早已經被當地的瘟疫嚇壞了，於是四處投親躲避，結果就造成了疫情的大擴散，疫區和疫情都擴大了好幾倍。

蘇華直接找到了當地的團市委，要求加入志願者行列。她有醫生執業資格證書，還有學歷證明，所以很快就被認可了。在醫務人員人人自危的情況下，有這麼一位志願者加入，人家當然歡迎之至。

蘇華去到那裏的時候，當地已經開始採取應急機制，所以，在最初一段時間裏，每位醫務人員還有其他工作人員都採取了嚴密的隔離防範措施，疫情也很快得到了控制。可是，往往事情是在人們最容易疏忽的情況下發生的。

蘇華始終改不了大咧咧的性格，可能是某次忽略了認真洗手消毒，結果，她被傳染上了。

據當地的工作人員講，蘇華臨死的時候正在發高燒，她臨床的那個病人也高熱寒戰，全身顫抖得讓身下的小床不住發出「咯吱」、「咯吱」的聲音。蘇華見到後，奮力地從床上爬起來，將自己身上的衣服給那病人蓋上。但是，她隨即就歪倒在地上，再也沒能醒轉過來。

我在疫區外面的一個小鎮找到了江真仁，他神情木然。當地的工作人員把情況告訴我們之後，歉意地說道：「對不起，蘇醫生是一位英雄，但她的遺體我們已經處理了，我們只能這樣做。」

我當然理解，因為她的遺體也可能成為傳染源。

半年後，當地的疫情得到了完全的控制，我去找到了埋葬蘇華的地方。

那是一處小山岡，上面有無數嶄新的墳。蘇華的墳在小山岡的一側，它普通得不能再普通了，很不起眼，甚至還顯得有些卑微，不過，她墓碑上面的字讓我看後心情稍微好了點——白衣戰士蘇華。

小山岡上面有風吹過，墳頭上長出的新嫩小草隨風在顫動，遠處有烏鴉「嘎嘎」的聲音淒慘地響起。我的心頓時變得悲涼起來，眼淚「嘩嘩」往下流淌。

「蘇華，為什麼？你為什麼非得跑到這地方來啊？」我發出了一聲長長的哀鳴。就在蘇華的墳前，我一直獨坐到晚上。

石頭上好冷。已是深秋了，這涼意透徹了我的全身。深夜的小河邊是陰冷的，涼瑟瑟的感覺直滲到我的骨頭縫裏，鑽進我身上每一個細胞之中。我不敢再待下去，生怕自己的命也會在這裏結束。

終於，我站起身來，以極輕的步子離開了埋葬蘇華的地方。

幾天後。石屋裏。碧竹，清風。

曉月臨窗，淡淡的月色如水一般純淨，悄悄地透過窗櫺，靜靜瀉在窗台上，還有我的心上，那麼孤寂，那麼靜謐。

獨居幽室，空蕩蕩的石屋裏，只盛著一個心中空蕩蕩的我。

我索性披衣出屋，臨空數星。

月正明，夜正濃，心更寂……

回到石屋，擺好茶具，備好熱水，撮幾粒細芽放入杯中，一股清香頓時在空氣中散開來，幽幽的，直往心裏鑽，令人心曠神怡。

我輕輕地托起茶杯，揭開杯蓋，縷縷白霧伴著茶香撲面而至，湯色碧綠，香氣遠播。淺淺地品上一口，清香便順著舌尖流向舌根，一直滑入心底，又縈繞於心間。

從蘇華的墓地回來後，我一連幾個晚上都住這地方，一直要到午夜才回家。

這幾天，我的心情極度不好，因為我一時間無法接受曾經鮮活的蘇華竟然也離開了我。我傷感於生命的脆弱，由此想到自己的人生。

我在想：是不是某一天，我也會像她那樣不經意地離開這個世界？

白天上班時，我很少說話，臉色也陰沉得可怕。科室的人都莫名其妙看著我這個平常好脾氣的人，但是，她們都不敢來問我。這也讓我感到更加孤獨與寂寞。

可是，我不想回家。家裏雖然有孩子，還有陳圓，但我害怕。在看見了他們之後，我會更加傷感。因為我的家裏也曾經有過蘇華的影子。

她，曾經是那麼一位傲氣、自信的女人，現在卻變成了一堆黃土。人生難道就是這樣的嗎？

幾天來，每當我獨自一個人在這間石屋裏的時候，都會思考這個問題。

孩子已經半歲多了，他開始咿呀學語，而且也認得我了，每次看見我的時候，他都會興奮。

現在的他完全沒有了早產兒的跡象，個子大小、各種反應和其他孩子差不多。而且，小傢伙特別能吃，一包奶粉不到一周就會被吃個精光。

現在，我已經給他添加了輔食，小傢伙長得虎頭虎腦的，可愛極了，而且，他長得越來越像陳圓了。

我回家的時候，他正在沙發上面玩耍，保姆坐在旁邊看電視。

孩子看見我之後，頓時開心地「呀呀」大叫起來。

我急忙跑過去將他抱了起來，隨即狠狠在他臉頰上親了一下，孩子卻猛然大哭起來。

「姑爺，你好像幾天沒刮鬍子了，可能把孩子扎痛了。」保姆笑著對我說，隨即從我手上將孩子接了過去。

我尷尬地笑了笑。

是的，最近幾天來，我一直魂不守舍，所以，連刮鬍子的事情也被我忽略了。

不過，孩子確實可愛，他到了保姆懷裏後，不一會兒就又開始「咯咯」地笑了起來，還朝我伸出了胖嘟嘟的雙手。

保姆笑著說：「這親情是天生的，他就是喜歡你。」

我說：「這小傢伙真乖，真調皮。阿姨，我餓了，麻煩你去給我弄點吃的，孩子給我吧。」

我抱著孩子去到了臥室，眼前是陳圓消瘦、蒼白的面容。

我發現，她的雙眼顯得有些凹陷，模樣似乎有了些改變。我忽然覺得，她在我的腦海裏開始變得有些陌生起來。

我就這樣怔怔地看著她，一會兒後，才感覺到手上的孩子在發出奇怪的聲音。隨即去看他，驚訝地發現，他正用他那胖嘟嘟的小手指著病床上的陳圓，嘴裏也在發出「咿咿呀呀」的聲音。

我覺得孩子可愛極了，隨即去問他：「小夢圓，難道你知道她是你媽媽？」

隨即，我的心顫抖了，因為我清清楚楚地聽見，從孩子的口裏叫出了一聲「媽媽！」

孩子的聲音雖然含混不清，但是，我聽得明明白白，他真的叫出了「媽媽」！

要知道，他才半歲多啊，這麼小的孩子，怎麼可能會叫「媽媽」呢！

我不禁淚如雨下，即刻去對病床上的陳圓說：「圓圓，你聽見了嗎？你的兒子在叫你媽媽呢。」

可是，她依然如故。

我不甘心，急忙地去搖晃著孩子的身體，「兒子，快叫，你再叫一聲媽媽！快啊！」

孩子卻猛然地大哭了起來。

保姆跑了進來，我激動地對她說道：「阿姨，我剛才聽見孩子叫媽媽了！」

「我天天教他這樣叫的。他還小，估計是偶然發出的那個聲音。這孩子很聰明，估計今後他比其他孩子先說話。姑爺，去吃飯吧，我給你熱好了。」保姆笑著對我說，然後朝我伸出手來。

我把孩子交給了她，隨即朝外面走去。

我心裏在想：難道真的是偶然嗎？

卻聽見保姆在我身後說：「小姐真是苦命人。」

我不禁一陣淒苦：難道我不苦命嗎？她昏迷著，什麼都不知道，活受罪的可是我啊。

現在，我發現自己變得越來越冷漠了，甚至對陳圓的愧疚感也越來越少了。

當然，這一切只有我自己知道。而且，我也不會放棄她，因為我內心裏依然對她充滿著憐惜。

即使她不是我的妻子，僅僅是我的病人，我也會這樣的。正如同保姆說的那樣，她真的是一個苦命的人。由此，現在我開始懷疑起上天的不公平來。

其實，上天對我又何其公平？雖然我現在有了很多的金錢，而且還和那麼多的女人有過關係，但是，我依然孤獨。

而且，我發現自己的女人越多，反而越加矛盾和孤獨。

古時候的太監喜歡錢，那是因為他們只能喜歡錢，作為男人，在喪失了性的能力後，就只能把內心的衝動更多轉移到另外的事情上面去。

因此，喪失了性能力的男人對權力和金錢的佔有欲，有時甚至會達到變態的程度。

我不想當官，對金錢也不是那麼狂熱，對美女是喜歡的，但並沒有達到變態的地步。這一點我很清楚。所以，我知道，自己追求金錢和女人，其實僅僅是為了消磨時光，以及克服內心深處的寂寞。

數著錢，摟著女人睡覺，這都是一種消磨時光、證明自己還活著的最好方式。

不得不說，蘇華的死對我的刺激很大。想起蘇華所經歷過的一切，我覺得她的人生真是很不值得。

她沒有事業，沒有金錢，更沒有愛她的人。真是可悲。

所以，我覺得，自己一定要把剩餘的生命充分利用起來，起碼要讓自己的靈魂和肉體都儘量得到滿足，這樣，即使有一天離開這個世界，也不會覺得後悔。

第二天，我在醫院裏碰上了唐孜。

她遠遠地看著我笑。

前段時間，我遠遠看見她就悄悄地躲避了，因為那天晚上的事情讓我一回想起來就覺得很難為情。但是今天，我沒有再躲避她，而是直接朝她走了過去。

「你好。」我笑著朝她打招呼。

「你好。」她也在朝我笑。

「遇到什麼喜事了？這麼高興？」我問她道，雙眼看著她漂亮的面孔，腦子裏面浮現出來的，卻是那天晚上我們在一起時的情景。

「我這個星期天要結婚了。馮主任，請你一定來參加啊。」她笑著對我說，眼神裏全是嫵媚。

我心裏忽然酸酸的不是滋味起來，不過，臉上依然在笑，「祝賀啊！喜糖發來啊？還有罰款單。」

她大笑，「好，我下午就給你送過來。」

在我們江南，人們經常戲謔地把結婚請柬稱為「罰款單」。很多人經常因為一天收到幾份結婚請柬而煩惱，所以，才有了這樣苦澀的玩笑稱謂。

「好，下午見。」於是我說道。

她卻叫住了我，然後低聲地道：「我叔叔的事情辦得怎麼樣了？」

「差不多了，下午再說吧。我現在還有事情。」我說。

她看著我，臉上頓時出現了一片紅暈，「好吧……」

「晚上得把她叫出去吃飯。」離開的時候，我在心裏說道。

因為我的內心早已經起了波瀾，而且，腦子裏一想起那天晚上我們在一起的情景，我的血液就開始沸騰起來。

她要結婚了，將是別人的女人了，或許今天我還有最後一次機會。我這樣想道。

唐院長的事情我確實辦得差不多了，所以，我對今天晚上的事情很有信心。

那天下午，在與唐院長商量了細節之後，我按照約定就和章詩語一起吃飯去了。

第二天一大早，就知道了蘇華的事情。

隨後，我聯繫上了江真仁，然後在隔離區外面的那個小鎮找到了他。

但是，我們不允許進到疫區裏去。所以，我們得到的僅僅是蘇華的死訊，除此之外，連她的遺體甚至遺物都沒有見到。

那天，江真仁的神情一直很黯淡，幾乎很少說話，但沒有流淚。

我知道，一個人在極度悲痛的時候，反而是不會流淚的。

然而，我流淚了，我的眼淚不自禁地朝下流淌，完全無法克制。我的腦海裏像電影畫面一樣地浮現出自己曾和她在一起時的情形，而那些畫面直接打開了我的淚腺。

回程的時候，我發現他是自己開車到那地方的，是一輛白色的寶馬。我知道他賺了不少錢，但沒想到竟然到了可以買寶馬的地步。

我的心裏頓時不是滋味起來。不是我嫉妒他賺了錢，而是覺得蘇華很不值：當初我可是看在蘇華的面上才幫江真仁的，但是，蘇華現在卻離開了這個世界，她什麼都沒有享受到！

江真仁過來和我握手，「馮笑，謝謝你能夠來。」

我淡淡地道：「她是我學姐。」

他點頭，「我還要謝謝你對我的幫助。不過，我覺得現在什麼意思都沒有了。馮笑，你是一個好兄弟，我很對不起你。當初，我完全是利用了蘇華和你的關係，其實，我的內心並不想和她重婚。道理很簡單，我是男人，不可能原諒她對我的背叛。那時候，我覺得自己最缺的就是錢了，心想只要自己有了錢，難道還找不到一個漂亮女人當老婆？但是現在，我知道，我曾經不原諒她，其實是一種極度的自私。現在她已經走了，我拿那些錢、開這樣好的車，又有什麼用呢？」

說到這裏，我清楚地看見他流下了幾滴眼淚，它們都掉落在地上的一個水窪裏面。

我沒有說話，心裏在感歎。

他揩拭了眼淚，繼續對我說道：「馮笑，以後不要再給我介紹什麼業務了。我現在的錢夠用了，蘇華的父母就她一個女兒，現在她走了，我得去把老倆口接來。我想好了，蘇華不在了，我要替她為她的父母養老送終……」

他離開了，孤零零地去到他的那輛白色寶馬車上，隨即就看到他猛地踩著油門衝了出去，濺起的泥水即刻污染了寶馬的潔白。他繼續加大油門，彷彿發瘋了似的。

這一刻，我內心的感慨更加強烈了。是啊，江真仁說得對，為什麼我們總是在事情發生後才知道悔悟呢？

回去後，我一連幾天都悶悶不樂。

後來，我忽然想起了唐院長的事情，才給康得茂打了個電話。在一家茶樓與他見面後，我試探著問了唐院長那件事情該如何處理。當然，我不可能告訴他，我和唐孜之間的關係。我只是說，唐院長是我的老師，很好的老師，來找他出主意，完全是因為受老師所托。

「他說得沒錯。你們章院長那裏確實很重要，任何一個領導都希望自己的接替者不是自己的敵人。你知道這是為什麼嗎？」康得茂笑著問我道。

「為什麼？」我不明白。

「你知道普京接替葉利欽任俄羅斯總統的時候，葉利欽提出了一個什麼要求嗎？」他接著問我道。

「我不知道，你說吧。」我覺得他的話有些莫名其妙，不過，我知道他一定很有深意。

「葉利欽交權前夜，普京簽署了赦免葉利欽家族任何可能的經濟和政治罪行的法律。這是葉利欽對普京掌權提出的要求之一。」康得茂說，「其實道理很簡單，現在那些有實權的官員，多多少少都有些問題，他們當然不希望自己的繼任者去翻自己以前的那些老賬了。」

我恍然大悟，「有道理！」

「章院長那裏很好辦啊。憑你岳父和他的關係，說一下這件事情應該沒什麼問題吧？其實，章院長需要做的只有一點，那就是到時候不反對你老師當院長就行。當然，如果他支持的話，就更好了。」他說。

我說：「道理是這樣。不過，我岳父好像最近沒答應章院長的一個要求，所以，我估計這件事情有些麻煩。」

「我給你一個資訊。」他笑道，「最近省裏準備在省城東邊開闢一大片土地出來，然後，把省城的大學全部搬遷到那裏去。一是為了打造一個標準化的大學園區，二是解決大學擴招後目前校園容納能力薄弱的問題。你們醫科大學到時候也會整體搬遷。你們學校的地盤可不錯，而且，今後大學新區的建設專案，也是一塊肥肉啊。」

「什麼時候開始這個專案？」我問道，心裏暗自驚訝。

「今年底明年初，很快了。」他說。

「你的意思我明白了。不過，那必得章院長當上學校的校長再說。」我說道。

他笑道：「那是當然。他如果當不上校長的話，你的老師也不可能接替你們章院長，去當你們醫院的第一把手了。」

「學校的校長更是得由省委組織部任命。」我說。

「常務副省長一句話，還不能解決一個校長或者一所醫院院長的職務問題？關鍵是你得找對人。」他笑著說道。

我也笑，「我這不是來找你了嗎？」

他搖頭，「我不行，我就是一個小小的秘書罷了。章院長的事情他自己肯定有門路，你可以不怎麼去管他。不過據我所知，他找的好像就是你的岳父。可能我的消息不一定準確，因為我不怎麼特別關注你們醫院的人事安排。誰叫你對當官不感興趣呢？不然的話，我會隨時注意你們單位的人事動向的。其實，你老師的事情很簡單，並不需要黃省長出面就可以解決了。」

我再次糊塗了，「那我究竟去找誰啊？」

「常書記啊。你怎麼這麼糊塗？她出面有時候也是可以代表某些領導的。」馮笑，我只能言盡於此。」他說。

我頓時明白了：他話中的意思其實是在說，唐院長的事情還不值得黃省長出面，常育就可以了。並不是常育本身有多大的能量，而是她身後的人是黃省長。

現在我才發現，有些複雜的事情其實很簡單，只不過是我不懂那些事情的關鍵罷了。

接下來，我去找林易。

他一見我就對我說：「我和小楠的媽媽正說找你商量一下。」

「什麼事情？」我問道。

「我們覺得小楠老是在家裏不是很好。那房間的空氣畢竟不大好，夏天馬上就要來了，很容易出現感染什麼的。你是醫生，應該知道可能出現這樣的情況。所以，我們想把她送到醫院去。這樣對你和孩子都有好處。你覺得呢？」他說。

「但是，醫院裏更容易感染啊。」我說。

「那要看什麼樣的醫院。你們醫院雖然是三甲醫院，也就是醫療技術好一些罷了，住院條件還是很差的。我們省有一家高級幹部療養院，那地方在郊外，空氣比較好，又是單人病房，裏面的醫生技術也不錯。你覺得怎麼樣？」他問我道。

「我抽時間去看了再說吧。」我說。

「還抽什麼時間啊？我們現在就去。你找我有什麼事情嗎？我們在路上順便說吧。」他說。

我覺得這樣安排倒是不錯，於是即刻就答應了。

他安排的是那輛加長林肯。

我詫異地看著他。

他笑道：「到那樣的地方還是應該講一下面子的，畢竟在那地方療養的，大多數是我們省的領導幹部。」

「他們同意陳圓住進去嗎？」我擔心地問道。

他笑道：「這你不用擔心，我和那裏的院長說好了。他們也想賺錢是不是？我都和他們談的，每年兩百萬。」

「這麼貴？」我不禁駭然。

「貴什麼貴？」他搖頭道，「我們掙錢來幹什麼？掙的錢不花等於是白紙。掙錢的樂趣不僅僅在掙錢的過程當中，更多的是如何把它們花出去。小楠是我的女兒，給她花錢治病是應該的嘛。你說是不是？」

我深以為然。

隨即，他問我道：「說吧，今天你來找我有什麼事情？」

我問道：「章院長最近來找過你是吧？他想讓那位知名導演給他的女兒安排一

個角色是不是？」

他點頭，「我沒答應他。不是因為其他，我覺得你們這位章院長胃口太大。胃口太大的官員會很危險，我不想繼續和他接觸了。」

「醫院的專案不是正在進行嗎？他如果出了問題的話，豈不是一樣會出問題？早知道如此的話，當初就不應該和我們醫院合作才是啊？」我不大理解。

「當時也只是權宜之計。我的目的並不是針對你們醫院那個專案，我看到的是未來。聽說，近期省裏面專門規劃了一處大學園區，到時候，你們醫科大學將整體搬遷到那地方去。醫科大學那塊地皮不錯，今後新區的建設也是很大一筆業務。我聽說你們章院長今後很可能擔任學校那邊的校長，所以，我才答應了你們醫院的那個專案的。當然，我的目的也是想通過那個專案瞭解一下他的為人。」他回答說。

「現在你覺得他很危險了，所以，就不準備繼續和他合作了？」我問道。

他卻在搖頭，「那倒不是，我是想給他一個信號，希望他的胃口不要那麼大。不是他隨便提出一個什麼條件，我都會照辦的。」

「林叔叔，你想過沒有？像他那樣的人，很可能今後會記仇的。現在他還沒有當上校長，手上還沒有掌握那麼大的權力，但一旦他坐到那樣的位置上，一旦手上掌握了巨大的資源，說不定就會和你鬧彆扭的。林叔叔，我覺得你沒必要這樣做，得不償失。」我說。

「那你們醫院的那個專案怎麼辦？畢竟我已經投進去那麼多錢了。」他說。

「反正會賺回來的。或者你把那個專案轉讓給別人好了，不虧就行。」我說。

他「呵呵」地笑。

我忽然覺得不大對勁，「林叔叔，你是不是已經決定放棄他了？」

「醫院的專案，我會繼續做下去的。你們那個姓章的院長，如果一直坐在現在的位置不動的話，今後出問題的可能性比較小。但是，他一旦當上大學的校長可就難說了。說實話，這個人我看不大準。他對他女兒太嬌慣了，或許他本人不會出什麼問題，但他的那個女兒可就難說了。」他說道。

「他女兒怎麼啦？」我詫異地問。

「按照我和你們章院長以前商定的方式，我負責去贊助，然後他女兒獲得名次。為了不要太引人注目，所以，不能讓他女兒取得更好的名次。可是你知道嗎？他女兒到了北京後，竟然主動去魅惑了幾位評委，結果把自己的名次提前了。

「這個小姑娘很不簡單，野心很大。這才是我最擔心的。你想想，如果今後我與姓章的合作的話，他一定會提出更多的報答要求。你說他要那麼多錢幹什麼？最終還不是投在他女兒的身上。現在資訊管道那麼暢通，他女兒又那麼招搖，一旦追查起他女兒的資金來源，肯定會出事情的。」他說道。

原來是這樣。

我於是問他：「那你準備怎麼辦？」

「我有準備放棄他的想法，但最終如何，那得看他聽不聽話了。」他說。

「什麼意思啊？」我很不明白。

「其實我本來可以幫他的，因為他現在只是需要一筆錢而已。他在上面是有關係的，但關係不是那麼鐵，所以，需要用錢去打點。如果今後他事事都聽我的話，我可以給他一筆錢去活動一下；或者通過你和常書記的關係幫他一把。但是，現在他很過分。他和我在一起的時候，竟然還總是打官腔。嘿嘿！這樣的人也太自不量力了吧。所以，我絕不能嬌慣他的脾氣。馮笑，我江南集團這麼大的產業，總不可能因為一個小小的醫院院長，就在陰溝裏翻了船是吧？」他說。

這下，我終於明白他內心的想法了，其實，說了半天，他就是對章院長不大放心，所以，需要完全把他控制住。

而且，從他的話裏聽出來，章院長目前提出的要求，好像並不是要讓他女兒去見那位導演那麼簡單。

「是他讓你來找我的，是吧？」我正想著，卻聽見他在問我。

我點頭，「是的。他告訴我說，你不同意他的請求，所以讓我來找找你。」

他頓時笑了起來，「豈止是我不同意。上次他在我面前那麼狂妄，好像他已經是大學校長似的。結果，我沒理會他就離開了。現在，他可能意識到了，他的那個狗屁專案對他當校長根本就沒有什麼用處。政績是什麼？有背景，政績就有用處，沒背景，政績反而是好大喜功的表現，有害無益。呵呵！我知道了，他這是在暗示我，他投降了。行！你回去告訴他吧，我同意再和他談一談。」

「有些事情口說無憑，你們談了，萬一今後他變卦怎麼辦？」我擔憂地道。

「我自然有我的辦法。」他說，微微地笑，「我林易從一無所有走到現在，難道是吃素的？馮笑，你放心，我會有制約他的辦法。不過，我希望他自覺遵守他的諾言，大家和氣生財嘛。內鬥的結果往往是兩敗俱傷，這可不是我想要看到的。」

我點頭，隨即說道：「真搞不懂，他就一個女兒，幹嗎不把她當成千金小姐養起來？非得像妓女一樣地去混什麼娛樂圈！」

他笑道：「他有他的想法。」

「溺愛往往會害了她的。」我歎息著說，腦海裏又想起那次孫露露說的話來。

我忍住沒告訴他唐院長的事情，心想：等他和章院長談了再說吧。萬一沒談好，院長的位置空不出來，唐院長的事情豈不是白說了？

幾天後，林易給我打來了電話，「有空的話，你去給常書記說說你們章院長的事情，能夠不花錢最好。用錢買官的事情最好不要讓他去做，很危險。」

那天，我和林易去到了郊外，春天的氣息更濃了，車窗外一片翠綠，我的視線裏全是春天的景色，心情頓時也愉快了起來。

省老幹部療養院坐落在一處小山坳裏，全是五六十年代的建築風格，大多是別墅或者平房，分別在綠蔭環抱中。

進入到裏面後，我發現處處古木參天，幽靜得令人流連。真是好地方！我不禁感歎道。

院長給陳圓安排的是一棟小平房。

他歉意地對我們說道：「對不起，這地方要三個月後才可以空出來。因為省裏面最近安排了一位老領導到這裏來療養，這位老領導指明要住這地方。林老闆，請你理解，我們這裏畢竟是幹部療養院，接受其他病人的時候，不能太顯眼。」

「我們不是早就說好了的嗎？」林易頓時不悅起來。

我覺得這位院長說的話很難聽，於是說道：「算了，這樣的地方不是我們老百姓來的。」

林易的臉色陰沉得厲害，我不住地好言相勸，他才隨我一起離開了那個地方。開車出了療養院後，他憤憤地說了一句，「我們的某些幹部是最懂得享受的一群人！他們的享受可全是免費的！」

我是第一次聽到他說這樣的話，由此可以知道他內心的憤怒。

在回去的路上，他不再說話了，我完全可以體會到他內心的憋悶。

於是，我對他說道：「沒事，就在家裏好了。反正我也是醫生，會照顧好她的。」

他依然不說話，將車開得飛快。

幾天後，他給我打來了電話，又催我去找常育，「你抽空去找一下常書記，給她說說你們章院長的事情。我覺得能夠不花錢最好，買官的事情畢竟風險太大，而且不值得。我都看不起那些買官的人。」

我即刻答應了。

不過，我隨即告訴他唐院長的事情。他聽了後，過了好一會兒才歎息了一聲：「唉！你們醫院的人啊……」隨即掛斷了電話。

我知道，他是答應了。

不過，我給常育打電話的時候，她卻告訴我她正在國外考察，還說回來後即刻給我電話。

後來，她回來了，但她卻說她很忙。

我理解她，因為她畢竟是市委書記。

接下來，我把情況告訴了林易，他笑著告訴我說，不要著急，反正這件事情不是那麼緊急。

隨後他又對我說：「我已經和章院長談過了，他原則上同意你說的事情，不過，前提是他得空出位置來。」

我這才放下心來。

所以，今天我碰見唐孜的時候，才那麼有信心，因為我相信常育會幫我的。

第八章

人生究竟追求的是什麼？

我們人這一輩子，究竟需要追求什麼呢？
比如說端木雄，年輕時，我們在一起同甘共苦，
做什麼事情都很高興，吃任何東西都覺得特別的香。
後來，生活好了，錢和地位一天天在上升，
我們反而不幸福了，對這樣不滿意，對那也看不慣，甚至互相傷害。

唐孜是在下午四點過了才到我辦公室來的，她果然給我送來了結婚請柬。

我笑著問她道：「你希望我給你送什麼禮物啊？」

「你可以送給我什麼？」她卻反問我道。

「你提要求吧，我儘量滿足你。」我朝她微笑。

她頓時笑了起來，「我想要輛車，你可以送我嗎？」

「什麼牌子的？」我依然微笑著問道。

「我要求不高，十來萬的車就行了。」她笑道。

「沒問題。」我即刻地道，沒有一絲的猶豫。

她大笑，「開玩笑的，假如你真的送我車的話，我怎麼去給我老公說？」

我一怔，心想：這確實是個問題。不過，我轉念間便有了主意，於是朝她微笑道：「晚上，我們一起吃頓飯吧。」

她的臉上頓時一片緋紅，「晚上我有事情……」

我頓時不悅，於是淡淡地道：「好吧，你去忙吧。」

她看了我一眼，「要不，我先打個電話再說。」

我沒有說話，她已經拿出手機開始撥打，「老公啊，我晚上有其他的事情了，同學約我逛街，順便去看看婚紗。嗯，拜拜！」

她的聲音溫柔極了，也很動聽。

我不禁笑了起來。

她嗔怪地瞪了我一眼，「笑什麼？討厭！」

我大笑，即刻站了起來，「走，我帶你去一個地方。」

「吃飯還早啊？」她詫異地對我說道。

「我帶你去看車。」我說。

「不行，我不能要你的車，剛才我是開玩笑的。」她頓時著急了。

「你是擔心你老公懷疑你是吧？很簡單，我給你辦一張卡，一會兒你看上了哪輛車，我把相應的錢存到你的卡上。到時候，你自己去買就是。這樣你老公就不會懷疑你了。如果他問你的話，你就說是你的私房錢。」我說。

「可是，他知道我沒有那麼多錢的。」她說。

「現在醫院各個科室都在搞創收，你說這是你的創收啊？反正他也不會具體查的，畢竟你們現在還沒有結婚啊。」我笑著對她說道。

她依然在搖頭，「不行，我不能要你的東西。不過，有件事情倒是要請你幫個忙。」

我朝她微笑：「說吧。」

「我弟弟馬上大學畢業了，麻煩你給他找一份工作，好嗎？」她說。

「他學什麼的？有什麼要求？」我問道。

「當然是當公務員最好了。下個月他就要去參加公務員考試了，我知道，當公務員是需要關係的。」她說。

「他準備考什麼地方的公務員？」我點頭，問道。

「他是學金融專業的，準備報考工商或者稅務。」她說。

我頓時笑了起來，「都是好地方啊。等他考了後，你把資料給我吧。」我答應她，是因為我覺得這樣的事情康得茂應該辦得到，而且，在現在這種情況下，她提什麼要求我都會答應她的。

「那我提前謝謝你了。」她驚喜地道。

我說：「不用那麼客氣。走吧，我們去看車。」

「馮笑，你真的要給我錢啊？」她問我。

「錯，是給你車錢。」我糾正她的說法。

「為什麼呢？明明是我找你幫忙啊？」她問我道，漂亮的眼睛一閃一閃的。

「不為什麼，我喜歡。」我說，當然是假話。

她看著我，幽幽地道：「我明白了，你這樣做，是想讓我一直感激你，一直欠你的。可是，我除了身體，還有什麼可以報答你的呢？」

「我喜歡你，在今後不影響你家庭的情況下，我們偶爾在一起可以嗎？」我問她，心情猛然地激蕩起來。

這是我第一次對同事說出如此厚顏無恥的話。莊晴除外。

我對唐孜沒有感情，但我喜歡上了她的肉體。所以，當我說出這句話來的時候，心裏頓時「怦怦」直跳。我惶恐了。

這是我的辦公室，如果她忽然發作、大吵大鬧起來的話，我將無地自容、名聲掃地。

我承認，自己剛才是衝動了，但我心裏有把握：她不會的，一定不會的！因為，她為了她的親生父親，寧願獻身於我……而且，這樣的事情也關乎她的名聲。

果然，她沒有發作的跡象。她在看著我，就如同在看一個怪物似的。

我竭力地克制著自己內心的惶恐，臉上露出的是沉靜的笑容，我在看著她。

她歎息了一聲，「走吧，就算是我把自己賣給你了。但是，我只能答應你，最多一個月一次。今天晚上我再陪你一次。結婚後的第一個月，我不能給你，第二個月兩次。」

我頓時覺得不舒服起來，因為她的話太像交易了。

於是我說道：「算了，就算我剛才是開玩笑的。你放心，我依然會幫你的。」

「我需要錢，我男朋友家裏也很窮。」她說。

「你可以找你叔叔，他不缺錢的。」現在，我真的為自己前面的衝動後悔了。

她在看著我，依然像在看個怪物一般，「馮笑，你這個人很奇怪。」

我淡淡地笑，「不奇怪，一點都不奇怪，因為我還有起碼的良心。那天晚上的事情已經不該發生了，何況你馬上就要結婚了，我不想破壞你未來的家庭。現在，我後悔了。」

她歎息，「唉，我是一個出軌的女人了。而且，我知道你妻子的情況。現在，你需要女人，我需要錢，就這麼簡單。」

「我不想和你做這樣的交易。我說了，你親生父親應該有錢。」我心裏越發膩味起來了。

或許是因為她跟我提到了用身體換錢，我突然覺得，她在我心裏的形象顯得有些髒了。

「你錯了，他沒有多少錢。他的錢都供我們三姐弟讀書了。他不是貪官，而且還是我的父親。所以，我才願意幫他。還有，他是一個有能力的人，我這個當女兒的，應該幫他實現他的理想。」她搖頭道。

猛然地，我想起一件事情來，「唐孜，你告訴我，你父親知道你和我之間的這種交換嗎？」

她猶豫了一瞬，「你怎麼這樣問我？難道你覺得我父親有這麼無恥嗎？」

我看得清清楚楚，她確實猶豫了一瞬。但是，她的回答卻讓我無可挑剔。是啊，這個世界上，會有那麼無恥的父親嗎？

「過幾天把你弟弟的資料給我吧，我會想辦法替你辦好這件事情的。唐孜，是我不對。你馬上要結婚了，我希望你能夠珍惜自己今後的婚姻生活。錢是身外之物，如果為了錢而喪失了自己的家庭，今後，你將後悔一輩子的。」我歎息著說。

她頓時不語，一會兒後才說道：「謝謝你……」

她離開了。

我卻又忽然後悔起來。我發現，一個人要做好人，要變得無私，是需要付出很大代價的，而且，有時會讓自己不愉快、懊悔很久。

週末是她的婚禮，我沒去。不是因為其他，是我覺得心裏堵得慌。而且，我已經與常育約好了見面。當然，是我先決定不去參加婚禮，才打電話給常育的。

常育在家裏。

我把事情給她講了，她沉吟了片刻後說道：「事情倒是不大。省委組織部一位副部長和我比較熟悉，我給他講一聲就是了。不過，得給他送點東西。組織部的領導最好不要送錢，特別是我這樣的身分。你給林老闆說說，讓他準備好禮物，我抽時間去那位副部長家裏一趟。」

我沒想到事情這麼簡單，心裏不大放心，於是問道：「副部長說話起作用嗎？」

「一個大學的校長，副部長完全可以了，醫院的院長就更不用說了，畢竟那不是敏感部門。不過，這件事情麻煩的是，要分別找兩個部門，大學是省教委在代管，醫院領導的任免需要衛生廳的同意。不過問題都不大，上次黃省長請客的時候，他們不是都在嗎？我分別給他們講講。」她說。

「是不是需要請他們吃頓飯？」我問道。

她頓時笑了起來，「對他們這樣級別的官員來講，吃飯反而是負擔。不用了，我的面子足夠了。」

「姐，謝謝你。」我由衷地感謝道，隨即又問：「給那位副部長的東西價值多少合適呢？」

「起碼得是名家的書畫吧？古董的話，也得是明清時期的吧？問題是，得是真的。那位副部長可是這方面的專家，他收藏的目的不僅僅是為了錢，更多的是欣賞。明白嗎？」她說。

我似懂非懂，不過依然在點頭。

「馮笑，只要你說的事情，姐都會幫你的，你放心好啦。對了，我們去臥室吧，這次我從國外給你帶了一件大衣，很漂亮，你去試試。」她朝我嫵媚地一笑。

我發現，她的眼角已經有皺紋爬了上去，心裏頓時有一絲疼痛的感覺。

真的，我心裏真的疼痛了一下。這種輕微的疼痛讓我忽然意識到，自己對她有著一種真正的關心。現在，我相信了一點：男女之間的情感是會慢慢浸潤出來的。

現在，我看著她，「姐，你別讓自己那麼累了，才多久沒見啊？怎麼變得這麼憔悴了？」

她歎息著搖頭，「姐已經是接近四十歲的人了，這是自然規律，但願你不要嫌棄和厭煩我就是了。」

我急忙地道：「怎麼會呢？你是我姐呢。」

「走吧，我們去臥室。」她說。

「姐，我抱你去吧。」我說，看著半躺在沙發上的她。

「馮笑，你真好。姐正不想動了呢。」她呢喃地說了一聲，隨即閉上了眼睛。

我於是將她橫抱，頓時感覺到她輕了不少，「姐，你的體重好像減輕了不少啊。怎麼回事？」

「最近太累了。」她說。

「你沒刻意減肥吧？」我又問。

「沒有，怎麼啦？」她問，睜開了眼。

我抱著她去到了她的臥室，然後輕輕把她放到了床上，給她脫去鞋子，「姐，像你這種忽然體重減輕的情況，最好抽時間去全面體檢一下。」

「你懷疑什麼？」她問，忽然緊張了起來。

「我沒懷疑什麼，只是覺得你體重忽然減輕，需要注意，防患於未然嘛。」我說。

「明天是周日，你上班嗎？」她問。

「我說的不僅僅是婦科檢查，而是需要全面的體檢。你們當領導幹部的，特別需要定期檢查身體。因為你們太勞累，而且生活沒有規律，還經常應酬喝酒什麼的。」我說。

她頓時笑了，「好吧，你幫我安排一下，明天我去你們醫院體檢就是。」

「現在我們醫院已經有了體檢中心，進去後有人全程陪同檢查，條件很不錯的。這樣吧，我今天就給你聯繫好，明天早上你不要吃任何東西，到時候我帶你去就是。」我笑著對她說道。

「嗯，有你這樣一個當醫生的弟弟真好。」她說。

第二天上午，我帶著常育去了我們醫院的體檢中心。

女性進到體檢中心後，當然有常規的婦科檢查了。此外，我特地吩咐了體檢中心的人，特地給常育增加了一些檢查項目：內分泌相關項目的檢測，因為她的消瘦很奇怪。當然，腫瘤或者肺結核等消耗性疾病，也可能會造成那樣的情況。不過，我更希望她的消瘦是因為太累的緣故。

常育進到體檢中心後，我就到了自己的科室裏。我不可能傻傻地在體檢中心的外面等候那兩個小時。

大學那邊早已經開學了，我的大課也已經上完。反正就是《婦產科學》的總論，四個大班也就四次課。不過，我現在最麻煩的事情是要做動物實驗，但卻沒有助手。

經過考慮，我決定把自己的實驗室搬到石屋處。我覺得那地方很合適，不但清靜，而且適合養實驗動物。一般來講，實驗動物最開始使用小白鼠，然後是小白兔，最後是狗。如果有特別需要的話，還需要猴子或者猩猩。比如我的這個科研專案，最終就可能使用猴子做實驗。因為猴子是靈長類動物，與我們人類最接近。

兩個小時後，常育打來了電話。

我對她說：「我馬上來。」

「結果出來了，我去找你吧。」她說。

不一會兒她就到了，我在科室外面接到了她。不管怎麼說，她是市委書記，而且對我有那麼大的幫助，我必須親自出去迎候她。何況在婦產科裏面接觸女性是一件很平常的事情，所以，我不用擔心別人說閒話。

我認真在看她的那些檢查結果。她的婦科檢驗報告是我們科室的一位退休女醫生做的，結果很正常。對這樣的結果，我不會懷疑什麼，因為那位退休醫生是專家。

隨後去看其他方面的檢查單，頓時就發現了問題，「看來，我給你加的檢查項目很必要，你真的有甲亢。」

「體檢中心的醫生也說我有甲亢。怎麼會出現這樣的情況呢？治療起來麻煩嗎？」她問道，滿臉的緊張。

「只要不是腫瘤就好，沒什麼的。女性在你們這個年齡的時候，很容易出現激素紊亂，甲亢也是內分泌疾病中的一種，治療起來並不複雜。這樣吧，一會兒我去內分泌門診，請今天上班的專家給你開處方。」我說。

「我還不到四十歲呢，怎麼可能出現激素紊亂？」她問道。

本來我不想告訴她原因，但想不到她自己竟然問了出來，所以，我只好如實地回答她道：「姐，你現在一個人過，性生活很不規律，甚至缺乏。所以，出現激素紊亂的情況很自然。當然，腫瘤也可以造成這樣的情況，只要沒腫瘤就很好了。」

她的臉微微地紅了一下，「這樣啊……馮笑，女人都是苦命的，你現在又不可能經常和我在一起，我還時常要出差。算啦，只好這樣下去了。」

「姐，今後有空的話，我經常和你在一起吧。不過，這不是解決問題的根本辦法。姐，我的意思你應該明白。」我說。

「不可能了，現在的男人，還有誰可以相信啊？姐早就傷透心了。」她輕聲地說。

我不好再說什麼，因為她的身分不一樣，如果不找男朋友的話，也不可能隨便和男人在一起的。我不一樣，畢竟和她已經這麼長時間了，而且，雙方已經有了一定的感情和信任度。

「姐，工作上不要太勞累了，每天喝少量的紅酒，這對你的身體有好處。」於是我說道。

「紅酒？真的有作用嗎？」她問道。

我點頭，「作為醫生，我們通常建議四十歲以上的人每天喝少量的紅酒。當然，紅酒必須是正宗的，葡萄酒有助於消化。對於女性來講，紅酒更大的作用是美容養顏。有人說，法國女子皮膚細膩、潤澤而富於彈性，這其實與她們經常飲用紅葡萄酒有關。」

她訝異地看著我，「想不到，葡萄酒竟然有這麼大的作用。馮笑，你怎麼不早點告訴我？」

「以前沒有想到啊。而且，食物保健是一門複雜的科學，很多東西對我們人體都是有好處的。如果你去心血管內科看病的話，那裏的醫生最喜歡讓你喝葡萄酒。對了，最好是干紅。」我笑著說。

她頓時笑了起來，「那些葡萄酒廠最好請你們醫生去當廣告代言人。」

我也笑，「姐，我去給你買吧。你太忙了。」

她笑道：「好，其實，我很想和你一起去逛街的，可惜我擔心別人看見了影響不好。對了，下午你幹什麼？」

「我準備把實驗室搬到山上去，我在山上買了一個小地方。」我說。

「在什麼地方？你花了多少錢？」她驚訝地問。

我笑道：「包括裝修、修路，還修了一間小屋，一共不到五萬塊。」

「那是什麼樣子的啊？走，帶我去看看。」她頓時興奮了起來。

「姐，你不餓啊？你可沒吃早飯呢。」我說，「我們找地方吃了再上去吧。」

「你那上面可以做飯嗎？」她問道。

「當然可以。」我說，「專門有一間廚房的。」

「有調料嗎？」她又問。

我點頭，「有，不過沒有肉，因為我那裏沒有任何的電器。」

「你這樣說，我就越發地想去看了。走，我們買點菜後去那裏。我今天做幾樣菜讓你嘗嘗。」她說。

「姐，我先去給你把藥開好。」我說。

「好，我不想讓別人知道自己患病的事情。馮笑，你不知道，我們廳級幹部如果患有重大疾病的話，是必須向上級彙報的。」她說。

「你這不是重大疾病啊！不過，既然有這樣的規定，那最好還是不要讓別人知道的好。對了，姐，為什麼要制定這樣的規定啊？」我問道。

「主要還是為了關心我們的身體狀況，防止領導幹部帶病堅持工作。」她笑著說，「最近，我們省一個市的副市長患了結腸癌，本來他是組織上市長的重點人選，結果他沒有把自己的病情上報給上級組織，卻被他的競爭對手悄悄報告了上去。這下好了，他的市長位置沒有了。所以啊，這樣的事情，最好不要讓別人知道。現在的人都很複雜，特別是我們從政的人，總是有政敵存在的。馮笑，我的意思，你明白嗎？」

我點頭，不禁歎息，「幸好我不想當官。真想不到，一個人生病的事情也可以被別人作為把柄去攻擊。唉！姐啊，你們真累啊。」

「對，你別搞行政。現在我才發現，你的選擇是對的，你就好好當你的醫生吧，多掙點錢。有姐在，你想怎麼玩都可以。」她也感歎著說。

「不能玩啊，那可是錢。而且，我的投資裏還有你和洪雅的部分呢，我可不能把錢給虧損了。」我笑著說。

「不要想那麼多，只要看準了，馬上去做就是。不要把自己搞那麼累，要用平常的心態去投資，這樣的話，說不定收穫更大呢。」她笑道。

「我家鄉的那個專案馬上就要開始啟動了，目前已經簽約。最近，我還準備去一趟。」我隨即說道。

「馮笑，其實我不需要那麼多錢的。你說，我拿那麼多錢來幹什麼？所以，我的錢就放在你那裏好了。需要的時候，我直接找你要就是了。」她卻這樣說道。

我想也是，其實，我又花得了多少錢啊？不過，總不能把她的錢都虧了吧？何況那裏面還有康得茂的錢呢。當然，我不好把康得茂的錢也在我這裏的事告訴她。

「好啦，我餓了。我們去看看你那地方吧。」她隨即說道，興高采烈的樣子。

常育看到石屋後，頓時讚不絕口，「馮笑，想不到你竟然會有這樣的雅興。這地方太好了。我建議你不要把這裏搞成什麼實驗室，那樣的話，太煞風景了。把這裏的鑰匙給我一套，有空的時候，我也來清靜清靜。」

聽她這樣一講，我急忙拿出電話開始撥打，「不需要搬了，以後再說吧。」對方倒是沒有說什麼。因為我曾經告訴過他們，一旦我的實驗成功了的話，今後所有的儀器都會在他們那裏組裝。

「你準備搬什麼？實驗室？今天下午？」常育問我道。

我點頭。

「你看這地方，多美。你這屋子也不錯，空得讓人覺得非常的舒服。如果在這地方擺上些做實驗的瓶瓶罐罐的話，那就太煞風景了。」她笑著對我說。

「其實我也想清靜，但最近的實驗任務太重了，清靜也是需要時間的啊。我覺得這地方空著可惜了，所以，才想到這地方可以一邊做實驗一邊呼吸新鮮空氣。」我說。

「一個人，一壺清茶，一本書，然後待上半天，多愜意的事情啊。馮笑，千萬不要創造了一種美之後，又用自己的手去破壞它。你明白我的意思嗎？」她說。

我似懂非懂，不過還是點了點頭。

「這地方唯一的不足就是太小了。如果還有一兩間屋子就好了。不過，太多似乎又沒有這個味道和意境啦。馮笑，我真想狠狠親你一口，你太會找地方啦。」她笑著對我說，說到後來，竟然有些忘形了。

「姐，一會兒我給你鑰匙，你隨時可以來的。」我笑著對她說。

「但願我有時間。」她歎息道。

隨即，她又對我說：「馮笑，有一點你一定要聽姐的。這地方千萬不要搞髒了。到這地方來，最好不要喝酒，更不要帶女人來睡覺。一定要把這裏當成自己的一片淨土。馮笑，我們身邊已經沒有多少淨土了，所以，你要珍惜這裏。」

我不禁尷尬起來，「姐，沒有的，真的沒有。」

「我並不反對你和其他女人來往，姐是過來人，而且，姐也是苦命人，知道一個人孤獨寂寞的痛苦。你剛結婚不久，沒有女人是不行的。不過，姐很放心你，因為你是醫生，所以，你會一直很乾淨。唉！我們在婚姻上，其實都是一樣的不幸。」她歎息著說道，隨即去做飯去了。

不多久，她就炒好了菜，同時煮了一鍋稀飯出來。

她站在廚房門口打量著外面的小院落，「馮笑，你這裏其實可以喝酒的，這個小壩子裏面。在這地方喝酒，肯定別有一番風味。」

「這裏沒存什麼好酒，只有廚房裏一瓶炒菜用的老白乾。」我笑著說道。

「老白乾好啊！這地方喝茅台、五糧液，反而沒那種味道了。」她大喜。

我們隨即就在石屋的小院壩裏擺上了一張簡易的木桌，兩張竹椅。桌上幾樣精緻的小菜，還有一瓶老白乾。

我和她相對而坐。沒有酒杯，我們使用的是碗。

「姐，我敬你。今天我特別高興。」我說。

她喝下了酒，隨即歎息道：「我也很高興。這個地方太好了。其實有時候我就想啊，我們人這一輩子，究竟需要追求什麼呢？比如說端木雄吧，年輕的時候，我們在一起同甘共苦，做什麼事情都很高興，吃任何東西都覺得特別的香。後來，生活好了，有錢了，地位也一天天在上升，結果，我們反而不幸福了，對這樣也不滿意，對那也看不慣，甚至互相傷害。

「他也算很不錯的了，雖然犯了錯誤，還受到了處分，但最終還是爬起來了，當上了專員，可以說是權高位重了吧？但誰會想到，一個小偷就壞了他的事。這且罷了，最後竟然連性命都沒有保住。馮笑，你說，人這一輩子有意思嗎？

「馮笑，說實在話，有時候我真的很羨慕你，因為你有些事情看得淡。其實，看得淡說起來容易，但只有自己遇到事情的時候才會發現，看得淡竟然是那麼的難。唉！」

我也很感慨，因為她說的確實是實話。

俗話說，看別人容易，看自己難。那些搞腐化的官員，天天在台上說什麼「別伸手，伸手必被捉」，其實，他們心裏何嘗不知道自己未來可能的下場？但是，卻偏偏就是做不到清廉。

有人把官員的這種行為視為無恥，不過，我卻並不這樣認為。誰知道他們在講那番話的時候，心裏緊不緊張呢？也許他們經受到的壓力與心理折磨更厲害。

不過現在，我只能安慰常育，「姐，你別想這麼多。人這一輩子也就幾十年，最多一百來年的光景。做自己喜歡的事情，愛自己想愛的人，把生活過得沒有那麼多糾結和煩惱，就是最好的人生了。人追求的無外乎這幾樣東西：成功，幸福，健康。其中，幸福和健康都是自己的，而成功卻是做給別人看的。說到底，人們追求成功，就是為了能夠得到別人的尊重和羨慕，從而產生自豪感。但是，為了這點自豪感，人們往往要付出巨大的努力和犧牲。

「其實我倒是覺得，健康和幸福才是最重要的。因為，只有這兩點，是我們每天都可以切身感受到的。權力啊，財富啊，一是追求起來太難，二是即使得到了，又很快會覺得索然無味。姐，你說是不是？我們的生命實在是太脆弱了，誰也不知道自己哪一天就會離開這個世界，所以啊，為了名利這樣虛無的目標，如果付出了太多辛苦，到頭來如果一場空的話，那就太不划算了。所以，我認為，人生最關鍵的就是讓自己感到幸福。比如現在，你我跑上山來，清風習習，漫山遍野的青草和樹，我們吃好吃的東西，喝幾杯好酒，寧靜安逸，這個時候，你還願意去想那些世俗的事情嗎？你說是嗎常姐？」

她笑，「有道理。來，我們喝酒。一會兒，我們進去喝茶。對了，你這裏有圍棋嗎？」

我詫異地看著她，「姐，你也會下圍棋？」

「會的。女人下圍棋的確實不多，不過我喜歡。因為我覺得，圍棋裏包含著極大的智慧，也體現了一種哲學。你看，圍棋本身就是一個很有意思的矛盾體，比如這個『圍』字，就有兩個含義，一個含義是圍地，另一個含義是圍子。一種是防守，一種是進攻，包括了攻守矛盾的對立統一關係。圍地很重要，下棋以地盤的多少來計算勝負；圍子也很重要，四個子圍住一個子，就能吃掉它。你看，一個『圍』字，就這麼有意思。

「圍棋又叫忘憂，下棋可以忘懷憂慮，這一點很好理解。圍棋還叫爛柯，這是個神話故事。在東晉的時候，有個樵夫在山上打柴，回家路上看見兩個童子在下圍棋，於是，樵夫就在旁邊觀看。當樵夫想離開的時候，發現自己手中砍柴斧子的木柄都爛掉了。等樵夫回到家，世間已過了很多代。圍棋的別名太多了，不過，它體現的卻是中國文化的精華。」她侃侃而談，說到後來，已經變得眉飛色舞了。

我還是第一次見她這樣健談。

吃完飯後，她非得要和我下棋。

我不勝惶恐，因為我完全可以預料到自己的慘敗。

可是，她非得要堅持，「你和姐下棋，純粹是為了娛樂，勝敗無所謂。你這地方如此清淨雅致，不下棋就太遺憾了。」

於是，我泡好一壺茶，和她席地而坐。

她看了看四周後，笑道：「馮笑，你這裏差兩樣東西。」

「什麼？」我急忙地問道。

「香爐和香。」她笑著說，「你想想，如果我們在這裏弈棋，房間的香爐嫋嫋飄出淡淡的檀香，那豈不是神仙般的境界。」

我大笑，「有道理。我下山後就去準備。下次姐來的時候，一定就有香了。」

第九章

官場比戰場更殘酷

馮笑，官場上，有些事情比戰場更殘酷。
如果端木雄真的不是自殺的話，
那麼，你的莽撞很可能會招來無妄之災。
你要記住！如果沒有適當機會，就不要輕易去問。
即使她無意中說出來，你也一定要裝著不在意的樣子。

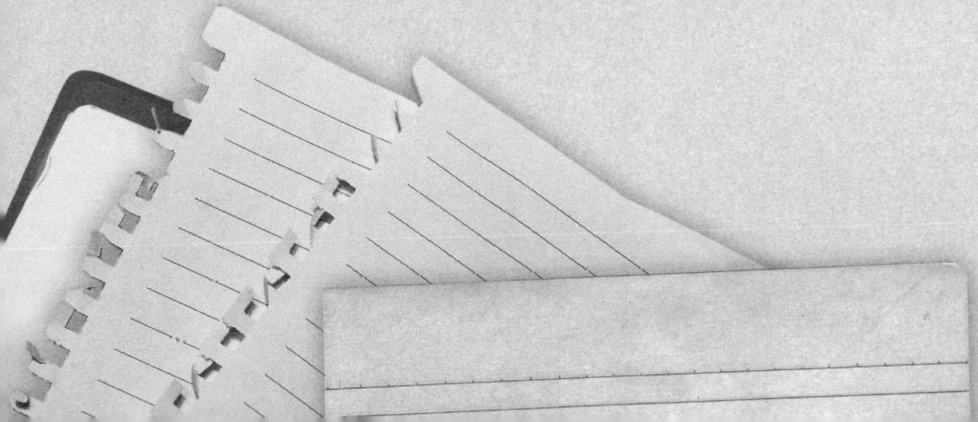

於是，我們二人對弈。結果果如其然。我慘敗。

我不由得興趣索然，而且，還有些灰心喪氣。

常育卻微微笑道：「馮笑，你的棋藝還是不錯的。只不過從來沒有認真研究過棋譜。還有，你很少到外面和高手下棋，所以，下棋的時候才會經常顧此失彼。」

「姐，我倒是覺得，有個人可以陪你下棋。不過，他估計也下不過你，因為他好像也只比我的技術好一點點。」我苦笑著說道。

「誰啊？」她問。

「康得茂。他也到這地方來過，我們也下了棋，不過，我沒下贏他。」我說。

「以後再說吧，我哪裏有那麼多時間下棋啊？他現在是黃省長的秘書了，也沒有多少時間的。」她說。

「倒也是。」我笑道。

「馮笑，我從你剛才下棋的過程中，發現了你的問題。其實，你下棋時出現的問題，恰恰是你的性格，或者為人處世中的弱點。馮笑，有些事情，本來我以前想要提醒你的，但是那時候，我覺得早了些。現在不同了，因為你慢慢成熟了起來，而且，姐也越來越覺得離不開你了。所以，為了今後大家的安全，我覺得，現在已經到了需要告訴你的時候了。」她隨即說道。

我急忙斂神、端坐，因為我發現，她已經變得非常嚴肅起來了。

我不是那種孤傲的人，所以，我並不反感別人向我提意見。我完全可以相信，常育向我提出的意見，或許對我的人生會非常有幫助。

「姐，你說吧。我知道自己有很多毛病，但卻不知道哪些會影響到你。我這個人有時候意志薄弱，而且，做事情也比較隨意。但是，有一點我一直都很注意，就是一旦涉及你的事情，我就會特別的慎重。姐，如果我真的有什麼問題的話，請你馬上告訴我，我一定改。」我隨即說道，說得很真誠，這也是我內心最真實的話。

她點頭，輕聲地道：「我知道的。所以，我才這麼信任你。其實，我們的認識也是一件很幸運的事情。我們一起走到今天，互相的心裏都在為對方著想。這已經遠遠超出了男女之間的感情了。說實話，馮笑，如果我沒有當這個市委書記，如果你老婆不是現在這個樣子，我真想和你組建一個家庭。可是，那不可能，你小我那麼多，你老婆昏迷在床，這一切的一切，都讓我不可能做出那樣的決定。

「其實我也知道，如果真的要你娶我的話，你也不會同意，我自己也可能不能接受你還有其他的女人。我們現在這樣不是很好嗎？我可以包容你還有其他的女人，像對待親兄弟一樣地照顧你，你對我也像親姐姐一樣關心我。這樣真的很好。有時候我就想，這或許也算是上天對我的補償吧？雖然我在個人婚姻上很失望，但卻又很滿足。馮笑，其實我們就是一對苦命的鴛鴦啊。」

她說得很小聲，但卻充滿著真情，到後來，她竟然流淚了。

「姐，你怎麼了？你不是要對我說我的缺點嗎？怎麼哭了？」我慌忙地道。

她卻搖頭，「不說了，你自己都已經說完了。而且，今天姐很高興，不想說那些不愉快的事情。走吧，我們回去。晚上我還有個應酬。姐今後有空的時候會到這裏來的，不過，我不會通知你。碰上你在，我們就下棋喝酒，不在，我就一個人在這裏待會兒。這裏真好，姐很喜歡。」

我點頭說：「嗯。」

隨即，我開車下山。她讓我直接送她回家。

當我把車開到她樓下的時候，她沒有即刻下車，似乎在猶豫著，準備對我說什麼話。

於是，我問她道：「姐，你是不是想對我說什麼？」

她看著我，「你是不是和一個叫童瑤的女員警關係不錯？」

我點頭，「是。不過，我們僅僅是朋友關係。我前妻出事情的時候，我們認識的，後來就成了好朋友。」

「馮笑，我總覺得端木雄的死很蹊蹺。聽說那位童警官是經辦那個案子的人，我想……我的意思，你明白嗎？」她說，依然很猶豫的樣子。

她的話讓我有些吃驚，「姐，你的意思是，讓我去問問童警官？你懷疑端木雄不是自殺？」

她卻在搖頭，「不是讓你去問，而是在有機會的時候，你暗中幫我打聽一下其中的情況。不過，千萬不要讓她知道是我在關心這個問題。你一定要記住。」

「你為什麼會這樣懷疑？」我詫異地問。

她的語氣頓時變得冰冷起來，「馮笑，你一定要記住，官場上，有些事情可能比戰場上更殘酷。所以，你一定要小心。如果端木雄真的不是自殺的話，那麼，你的莽撞就很可能會給你招來無妄之災。你一定要記住！如果沒有適當的機會，就一定不要輕易去問。即使她無意中說出來，你也一定要裝著不在意的樣子。」

「姐，這件事情可能不大容易。」我說。

「她上次不是試探過你嗎？我想，她還會那樣做的，不然就不正常了。不過，你一定要注意策略。」她說。

我頓時有些害怕起來，「姐，你不會真的有什麼問題吧？」

她即刻笑了起來，「姐會有什麼問題？現在有人想通過端木雄的事情搞小動作。他們針對的並不僅僅是我，而是我背後的那個人。」

我頓時明白了，不過非常的驚訝，「你說的是黃省長？」

她歎息道：「馮笑，你別管這些事情，也千萬不要捲進去。你不是官場裏面的人，沒必要涉入太深。不過，我要提醒你注意，今後遇到這樣的事情，一定不要衝動，要學會自己獨立地思考問題。上次的事情，幸好你岳父反應快，不然的話，很可能已經惹出事情來了。不過，上次的事情我當時也不大冷靜，竟然犯糊塗了。正因為如此，我現在才隨時警惕著很多事情。」

「姐，既然這樣，那我最好就啥也不管了。畢竟我不懂你們官場上的事情啊。」我說，心裏很惶然。

她沉思著，許久沒有說話。

一會兒過後，她拉開車門下車去了。

我聽到她歎息了一聲，隨即說道：「或許我需要再靜一靜，就按照你說的那樣吧，你別管了。」

常育剛才的表現讓我明白了一點：其實，她也很矛盾。不過，她有句話我是聽進去了，那就是，這件事情裏面包含著危險，巨大的危險。

其實，一直以來，我也很懷疑端木雄的死因。我是學醫的，知道吞金而亡其實並不是那麼的容易。吞金自殺，其實是利用黃金的重量墜破肚腸引發腹腔感染而死，這是一種很痛苦的死法。

黃金對於人是一點毒性都沒有的，只是黃金比重大，下墜壓迫腸道，不能排出，而一時又不會致命，吞金者往往疼痛難忍而死。

古人說的吞金自殺，很多其實不是吞黃金，而是吞水銀或者其他重金屬。重金屬和蛋白質結合，造成體內的蛋白質變性凝固，肌體很多生化反應不能完成，生理功能不能發揮，因此就會造成死亡。

不過，我一直不敢去細想端木雄的死因。一是因為端木雄和我沒有什麼關係，二是害怕自己被捲入那裏面去。

而且，我很懷疑和擔心林易，更不知常育與端木雄的死有沒有某種關係。官場上面的殘酷我還是清楚的，這也正是我不想追根究底的原因。雖然自己還不曾經歷過官場，但是，我看的書可不少。

其實，從古至今的官場都是一樣的，政敵之間的爭鬥從來都不會停歇，因為每一位官員代表的都是身後巨大的利益集團。

我也是利益的享受者，所以，我也害怕。正因為如此，在常育對我說出那番話之後，我才會拒絕她。這是我和她認識以來，第一次對她的要求當面拒絕。

常育的這一次告白，讓我感覺到，一場江南官場上的疾風驟雨，可能馬上就會到來。

週一上班，我剛剛將車停在醫院門口，迎頭就碰上了唐孜。

她站在我前面不遠處，雙眼看著我，她哀怨的眼神，讓我的內心不由得惴惴不安。

她不說話，就那樣看著我。

我不得不主動和她打了個招呼，「小唐，你好。」

她依然在看著我，那哀怨的眼神稍微收斂了一點，然後低聲道：「我不好。」

我頓時怔住了，「這個……你的事情，我已經說好了，馬上就有人去辦。」

「你前天為什麼沒來？」她問道，雙眼散發出來的哀怨，再次籠罩住了我。

「我……我已經和別人約好了，就是談你交辦給我的事情。」我說，覺得這個理由非常的充分。

「不就中午那一小會兒嗎？醫院裏來了那麼多人，章院長和其他的領導都在，我們籌備組的人也都來了，王鑫那麼討厭的人，都知道來祝賀我，就你沒來。憑笑，你為什麼要這樣？」她卻這樣說道。

我心裏開始責怪自己，不過，嘴裏卻說道：「對不起，我真的有事情。」

「我知道了，你是不想看到我結婚的場面。馮笑，你還是男人呢，心眼怎麼這麼小啊？你已經得到我了，還要我怎麼樣嘛？」她說，沒有來看我，聲音裏卻帶著一種憂傷。

我急忙地道：「不是，真的不是的。」

可是，我的話還沒有說完，她就轉身跑了。

看著她遠去的背影，我不禁歎息。

到科室後，又開始了一天常規的工作。事情很快做完後，我就想到了科研專案的事情，隨即準備開車去學校那邊的實驗室。

正準備離開辦公室，卻聽見外邊有人敲門。

進來的是余敏。

說實話，現在，我最不願意看到的人就是她了。因為她每次到我這裏來，都是有目的的，而且，平日裏連電話都很少給我打。

很久不見她，她越發消瘦了，膚色也變得有些黑。以前漂亮白皙的她，彷彿變了一個人似的，除了還有曾經美麗的餘韻，或者是我對她美麗的回憶之外，我面前的她，顯得是如此的普通。

我心裏頓時軟了。

「余敏，怎麼這麼憔悴？」我柔聲問她道，隨即坐回自己的位置上去了。

「太累了，公司的事情太多了。」她說。

「不要著急，慢慢來啊。怎麼樣？公司經營得還可以吧？」我問道。

「將就。現在我才知道，開公司這麼麻煩。房租、人員工資、稅收，還有請客吃飯的費用，這些錢除去後，根本就沒有什麼利潤了。」她說。

「是啊，白手起家是很麻煩的。說吧，找我什麼事情？」我不勝感慨，隨即問道。

「沒事，過路順便來看看你在不在。很久沒見你了，我又不好意思主動給你打電話，擔心影響你。」她說。

我看了看時間，「我要去做實驗，改天我們聊吧。」

「我和你一起去，會影響你嗎？」她問我道，隨即又解釋：「我今天沒事了，心裏空落落的，特地想來和你說說話。」

「真的找我沒事？」我狐疑地看著她問。

「真的沒事。」她搖頭說，「你去做實驗，我和你一起去吧。可以嗎？我就想和你在一起待會兒。」

我想了想，「好吧。」

隨即，我們一起去到學校那邊的實驗室。在路上的時候，我看了她幾次，很想問問她具體有什麼困難，但是最後，我都忍住了。

不過，我忽然想起了另外一件事，於是問她道：「余敏，端木雄死了，你知道嗎？」

「聽說了。他那樣的人，死有餘辜。馮笑，你和他很熟是吧？」她問我道。

我搖頭，「認識而已，一起吃過飯。你現在還很恨他，是吧？」

「這個人太花心了，卻一點也不負責任。這是他和你最根本的區別。我不管你和他關係怎麼樣，有句話，我可以當面對你講。端木雄這個人，好色貪財，但卻又吝嗇得要命。而且聽說，他和黑道還有很深的關係。當時，我們單位另一個女孩子也和我一樣被他甩了，那個女孩子去找他大吵大鬧，後來，那個女孩子就不見了。有人說，她可能已經被端木雄找人弄死了，反正再也沒見過那個女孩子。當然，這些都只是傳言。」她說。

我很是震驚，「不會吧？」

「有些事情，寧可信其有，不可信其無。我可不敢拿自己的生命開玩笑。馮大哥，你說這是怎麼了？他當國企老總出問題了，結果，反而還升去當了專員。我真是搞不懂。」她搖頭道。

我不好回答她的這個問題，「這也只是個別的情況。好啦，余敏，你不要想過去的事情了。是我不對，不該向你提起這件事情。對了，我們科室買了你好幾台儀器，你的公司至少不會太糟糕吧？做生意不要太著急，平常需要多收集資訊，然後找對管事的人。現在，很多事情都是一把手說了算，所以，我覺得你沒有必要去找那些副職多費工夫。直接去搞定一把手，這樣，既可以節約時間和精力，又可以減少很多的費用，你說是不是？」

「說起來是這樣，可是做起來就難了。一把手很難接觸上的，除非和他有特別的關係。」她歎息著說。

我深以為然，「是這樣。不過，你也完全沒必要去找那些副院長啊？他們說了算不了數，何必去浪費那些時間呢？那些副院長也就是這種心態：反正我說了不算數，該請我吃我就吃，你送我東西我就要。到時候事情不成，那是正院長不同意，我是盡力了的，你還能把我怎麼樣？你總不可能因此就不到我們醫院來做生意吧？說不定，哪天我也能當上一把手呢。呵呵！他們可是摸透了你們這些做生意的人的心思了，你玩不過他們的。」

「馮大哥，他們真的是這樣想的？」她詫異地問。

我笑道：「假如我是那些副院長的話，也會這樣想的。不然，他們當官幹什麼？還有，任何人都很有虛榮心的。那些副院長不在你們這樣的冤大頭面前裝派頭，他們還能跟誰去裝派頭呢？」

「他們可是要分管工作的啊？一把手不可能面面俱到、事無巨細地去管那麼多事情吧？」她說。

我笑道：「那倒是，事情是要副院長管的，不過，最終的決定權卻在一把手那裏。除非是某個第一把手比較民主，對副職也比較照顧，否則的話，一般情況下是不會放權的。特別是那些重大的事情。在醫院裏面，藥品採購、醫療器械採購，以及基建，都是重大事情啊。」

「我說呢，請了幾位副院長，吃了那麼多次飯，唱了那麼多次歌，但卻沒有一點效果。原來是這樣！馮大哥，早知道，我應該早些來問你。唉！白花了我那麼多錢。」她喃喃地道。

我大笑，「你呀，有時候就是傻不拉嘰的。這樣也好，吃一塹長一智，今後就知道了。不過，你也得看情況。前面我說了，如果那醫院的一把手不大管事，就得另行對待了。」

「現在醫院的一把手，有哪個是吃素的？不然，那麼多人幹嗎要削尖了腦袋去爭那個位置？」她憤憤地道。

她的話讓我頓時想起一個人來，於是，急忙對她說道：「余敏，你堅持一段時間，今後我保證讓你的公司發達起來。」

「真的？馮大哥，你有什麼好辦法？」她驚喜地問我道。

「沒什麼好辦法。我一個朋友馬上要當一所三甲醫院的院長了。他答應過我，今後我的朋友要做設備、藥品什麼的，他一定幫忙。」我笑著說道。

當然，我不會告訴她，就是我們醫院，因為這件事情是必須要保密的。有句古話我還是知道的：君不密則失其國，臣不密則失其身。很多事情，往往都是因為提前洩露了消息，才導致了最終的失敗。我相信，絕不止唐院長一個人在盯著章院長現在的那個位置。

「那還要等多久？」她問道。

「今年之內吧。不過，可能要明年才行。因為人家剛剛坐到那位置上，總得預熱一下吧？不可能一上去就把前任的所有關係都給踢開啊？我的意思是說，從現在開始，你應該做好準備，明年將是你公司發展的一個很好機會。現在把公司營運起來就行，正好趁這個機會學習一下管理方面的知識，也可以借這段時間，物色幾樣好點的產品。

「其實，我倒是覺得，你今後經營的東西不一定要品種多，最好是少而精。尋找高利潤、在國內唯一、超前的產品是最好的。」我說道。

「嗯，我明白了，太好了。」她說。

我頓時笑了起來，「說不定幾年過後，你就是一個富婆了呢。」

「馮大哥，你老婆現在怎麼樣了？」她卻忽然問了我這樣一個問題。

我苦笑道：「還不是老樣子。」

「馮大哥，那你……我的意思，你明白吧？我是說……你沒有女人怎麼行呢？要不，我來陪你吧。」她說，臉頓時紅了。

我發現，她紅臉的時候，曾經的那種美麗頓時回到了她的身上，我心裏頓時起了一絲漣漪。

不過，我沒有說話，因為我猶豫了。

「馮大哥，你放心，我不會要求和你結婚的。真的。現在我也是一個人，也不想再戀愛了。我們倆在一起過一段日子吧，我也需要溫暖。」她繼續說道。

我已經完全心動了，因為我發現，她說的話很真摯。其實，我內心也很渴望有一種安穩的、有規律的生活，性生活也是生活的一部分啊。

於是，我說道：「好吧，我做完實驗後，帶你去一個地方。」

第十章

嬰兒對母親的依戀感覺

我全身的激情如同潰堤的江水般洶湧而出，
那種一瞬間猛烈發洩的感覺，真是妙不可言，令人銷魂萬分。
據說，女人在高潮的時候有一種欲仙欲死的感覺，
而我們男人不一樣，我覺得高潮過後的男人，
頓時會有一種嬰兒對母親的依戀感覺，
這時候，往往需要一個緊緊的擁抱。

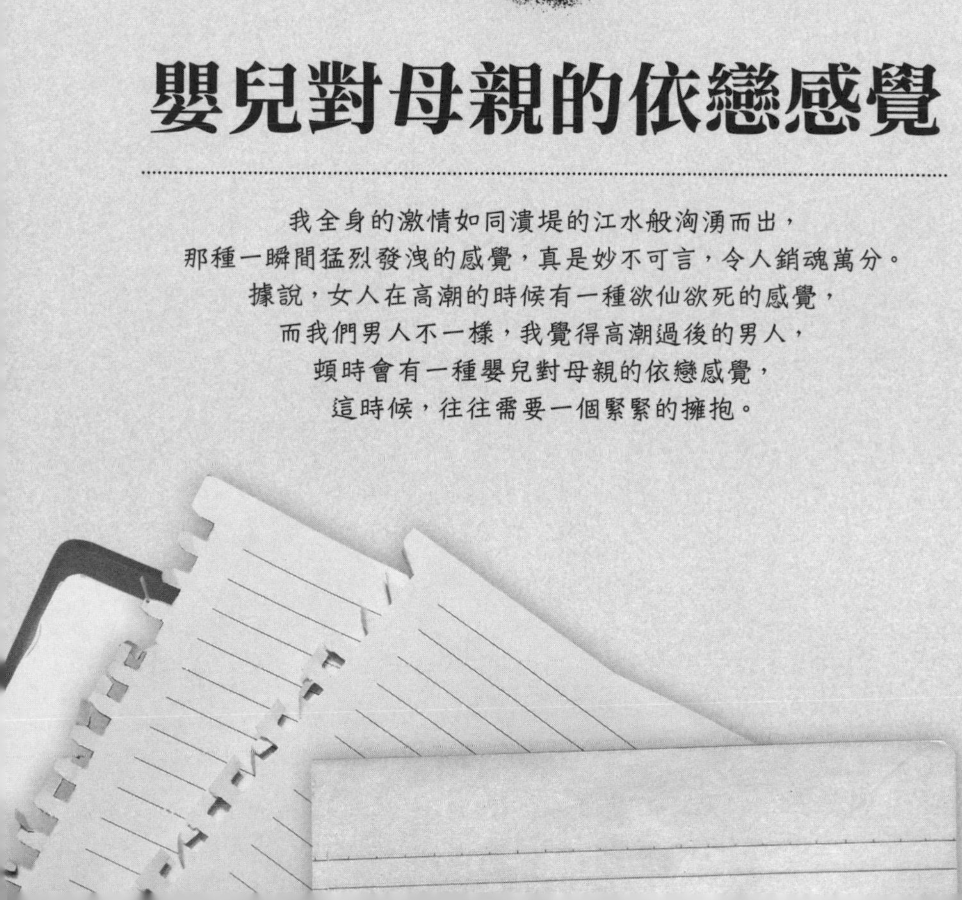

剛剛進入實驗室的時候，余敏很新奇地看這看那，但隨即就發出了一聲驚叫。我急忙轉身去看她，發現她的眼睛正對著那個裝有小白鼠的籠子。女人天生怕老鼠，即使小白鼠看上去那麼可愛。

「老鼠……」她指著那個籠子顫聲地對我說道。

「別怕，你不覺得牠們很可愛嗎？白白的，小小的。」我笑著對她說。

「你準備怎麼做實驗？」她問道，「破開牠們的肚子？」

「先用儀器測試各種資料，過幾天，就把牠們的肚子破開，看看裏面的情況。」我說，「這幾隻是上次用儀器照射過了的，今天就來把牠們的肚子破開，看看情況。」我笑著回答說。

「好殘忍啊。」她慢慢地朝那個籠子靠近。

我頓時笑了起來，「你們女人真是的，剛才嚇得那個樣子，現在反倒說我殘忍了。」

「你看，牠們的眼睛很好看的，咦？牠在吃什麼？好可愛啊。」她說，聲音裏面帶著驚奇。看來她已經適應了牠們的模樣，不再覺得牠們可怕了。

「從牠們的精神狀況來看，上次我的資料調試得很不錯。這說明我分析的資料基本是正確的。一會兒看看牠們的肝臟就知道了。」我說。

她詫異地看著我，「你真的要殺了牠們啊？」

我點頭，「是啊，牠們是我的實驗動物。幸好我還沒有用小白兔做實驗呢，不然，你更覺得我殘忍了。」

「還要用小白兔做實驗？需要多少隻啊？」她問我道。

「起碼一百隻吧。不然，實驗的資料沒有說服力。」我回答說。

「你們當醫生的，真是的，這都下得了手啊？」她來看我，眼神裏帶著責怪。

我笑道：「動物實驗是醫學科研必需的手段，最終的目的，還不是為了給人類的治療提供一種最安全的途徑？只有事先在動物身上確定了某種治療措施的安全性後，才能用於人體。比如我這個專案吧，在做人體實驗前，還必須用猴子作為實驗的對象呢。

「其實，我們用動物做實驗也是一種迫不得已。當然，我們必須尊重這些實驗對象，絕不是隨意傷害牠們的生命，更不可能把做了實驗後的小白兔拿去煮來吃。動物作為醫學實驗品，其實對我們人類的貢獻很大的。」

「道理是這樣的。」她這才點頭說，「對了，馮大哥，你做的是一個什麼樣的實驗啊？」

「我在測試一個新型的儀器，準備今後用於婦產科疾病方面的治療。現在，主要是收集各種資料，然後，制定出適合人體的參數出來。」我回答，隨即簡單地把我的實驗情況向她作了介紹。

她不是我們圈內的人，所以我也不用忌諱什麼，不過，我說完後，還是叮囑了她一句：「余敏，這個實驗在我們國內還從來沒有過，這件事情，你不要拿去對外面的人講。」

「我怎麼會呢？」她說，隨即便止住了話，似乎在沉思什麼。

「你怎麼了？」我問她道。

「馮大哥，我不想看你做實驗了，我覺得太殘酷了。我還是第一次到醫科大學來，我出去看看校園。你做完了實驗後，給我打電話吧。」她說。

「行。」我笑道，心想她在這裏也容易讓我做實驗分心，隨即，我對她開玩笑地道：「余敏，小心啊，醫科大學裏有不少帥哥的哦，不要被他們給拐跑了啊？」

「討厭！」她朝我笑道，嬌嗔的神情很好看。

兩個小時後，我做完了實驗。看看時間，已是中午了，急忙給余敏打電話。

「我在你實驗室外，在噴泉這裏看魚。」她說，隨即問我道：「你做完了？」

「做完了，你餓不餓？」我問道。

「早餓了，等你呢。」她笑著說。

我即刻收拾乾淨實驗室，然後出門，果然看見她正坐在噴泉旁邊的長條椅處。她已經不像是學生的模樣了，倒像醫科大學裏的教師，因為她現在的模樣很沉靜。

她發現我出來了，抬頭在朝我笑。

「想吃什麼？」我朝她走去。

她隨即過來，挽住了我的胳膊。

我嚇了一跳，急忙將她的手甩開，「余敏，這裏是學校，我有很多熟人的。」

「哦，對不起。」她說，朝我笑了笑，「我沒有想到這一點，對不起啊。」

我心裏很過意不去，「沒事，今後注意就是了。我要在這裏給學生上課，還有認識的老師。為人師表嘛，呵呵！」

她禁不住笑了起來。

我也覺得自己很可笑：「為人師表」這四個字，放在我身上，好像已經有點滑稽了。

「你還沒告訴我呢，你想吃什麼？」上車後，我再次問她道。

「我想吃你。」她低聲地對我說了這麼一句。

我頓時一怔，因為我還是第一次聽見她在我面前說這樣讓人浮想聯翩的話。

「我想吃火鍋，還要吃幾大碗米飯。」她見我不說話，隨即大聲地笑著說道。

其實，我不是因為其他原因不說話，而是她剛才的那句話一直在我腦海裏迴盪，同時，讓我心裏產生了異常反應，還有我的身體。

「好。」我說，內心的漣漪頓時平息了許多，隨即蹬了一腳油門，汽車快速朝前面衝了出去。

我一邊開車一邊看馬路兩旁，終於在一個地方看到了火鍋店的招牌。停下車，我問她：「這裏怎麼樣？」

「看這家火鍋店的裝修還不錯，應該可以吧。」她笑著說道。

「為什麼這樣說？裝修和味道怎麼可能有聯繫？」我下車後，詫異地問她道。

「這家火鍋店的老闆既然敢花那麼多錢去裝修，這說明他對自己店裏的味道很有信心，不然的話，要是生意不好，豈不虧了？」她笑著回答說。

我大笑，「那可不一定。現在的人太講究排場了，特別是請客的人，總覺得裝修好的地方很有面子。還有，很多人選擇吃飯的地方，並不是純粹為了吃飯的。而且，很多地方還故意把菜品的味道搞得很一般呢。」

「那是為什麼？」她詫異地問。

於是，我把黃省長的那個理論對她講述了一遍。

「竟然還有這樣的事情。馮大哥，你真有學問。」她欽佩地看著我，隨即卻在搖頭說：「不過，火鍋店這樣的地方不一樣。在這裏請人談事情，不太合適。」

我頓時笑了起來，「我們不要說了，味道好不好，進去吃了不就知道了嗎？」

她也大笑，「就是，這麼簡單的事情，怎麼老是被我們搞得這麼複雜啊？」

我們在一處靠窗的位置坐下了。

也許是中午的緣故吧，這裏的生意不是很好，正在吃飯的人只有幾桌。

服務員給我們倒了茶，然後我讓余敏點菜。

她隨意地勾了幾樣，隨即把菜單給我，「我把我喜歡吃的點了，你再看看吧。」

「你喜歡吃的估計也是我喜歡的，我這人吃東西不大講究，撐得飽肚子就行。」我說，隨即吩咐服務員將菜單拿走。

鍋裏開始在翻滾，香味頓時撲鼻而來。

「估計味道不錯。」我說，因為我也餓了，禁不住食指大動。

「馮大哥，我想給你說件事情。」她卻撫弄著茶杯，同時在對我說道。

她沒有來看我，雙眼看向鍋裏正在翻滾的濃湯。

「早該對我講了啊？」我說，心裏頓時不悅起來，因為我不喜歡她這樣因為一件事情繞來繞去、故作為難的樣子。如果她今天和我一見面就說事情的話，我可能更能夠接受一些。

「我今天來找你的時候，真的沒什麼事情。這件事情是我剛剛想起的。就是從你實驗室出去的時候。我到了校園裏，發現沒有什麼可欣賞的風景，於是就一直在想一件事情。」她急忙解釋道。

這下，我反倒詫異了，「那你說說，究竟什麼事情？」

「馮大哥，其實你現在研究的是那個儀器，是不是？研究它的治療效果？」她問我道。

「是啊，怎麼啦？」我有些莫名其妙。

「也就是說，如果你的研究專案成功了的話，今後，你的儀器就會面對全國各大醫院銷售了是吧？」她又問。

「銷售？」我愕然地問道。猛然地，我腦海裏頓時一亮：是啊，我以前怎麼沒想過這樣的問題？

以前，我只想到，這個課題研究成功之後可以應用於臨床，然後去申請專利，根本就沒有想過進行銷售的問題。現在，她的話猛然提醒了我：是啊，如果課題成功之後，我幹嗎不自己生產這種儀器呢？要知道，這裏面可是暴利啊。

因為，一台新型儀器如果要銷售的話，其價格肯定不是在成本上加上百分之幾或者幾十的問題，因為醫學儀器包含著一種極其重要的東西，那就是知識產權，也就是它的科技含量。這就如同國家一類新藥一樣，可以制定出昂貴的價格的。

想到這裏，我頓時明白了余敏的意思，於是問她道：「你的意思是說，今後，你想負責我這台儀器的銷售？你想做銷售的總代理？」

她看著我笑，「可以嗎？」

「余敏，現在我還沒有考慮那麼多。不過，我覺得你現在最需要的是學習。你想想，如果今後我真的把這台儀器的銷售總代理拿給你了，你如何能夠保證把它們銷售出去？所以，我們還是暫時不談這件事情的好。」我想了想後，說道。

「我答應你，從現在開始，我要好好去學習啊。但是，你也要先答應我。如果今後我具備了那樣的能力的話，你一定要把這個產品的銷售總代理給我。可以嗎？」她說。

這時候，菜已經上了桌。

我頓時有些饑不擇食的感覺了，急忙把那些菜往鍋裏倒，嘴裏說道：「行，不過到時候，你可要證明你自己啊！」

「好，我們就這麼說定了。」她高興地道。

火鍋的味道真不錯，麻辣很適度，而且吃起來覺得很香。

「馮大哥，我們喝點啤酒吧。算是提前慶祝你這個實驗專案的成功。」她對我說道。

現在我的心情很好，因為她前面的話，讓我對自己的課題有了新打算，於是，便頷首同意了。

我們每個人喝了三瓶啤酒，然後又吃了一大碗米飯。這頓飯吃得真舒服，很久都沒有吃過這麼香甜的飯了。

結賬出門的時候，我還打了個飽嗝。

余敏在我旁邊大笑。

隨後，我開車帶著余敏去到了我的別墅處。

「馮大哥，這是你的房子？」她驚訝地問我道。

我笑著點頭。

她看著我，「馮大哥，想不到你這麼厲害，竟然別墅都有了。唉！金屋藏嬌，你不會準備把我這個老太婆藏在這裏吧？」

我頓時笑了起來，「你才多大啊？怎麼就成老太婆了？」

她的神情頓時黯然了起來，「馮大哥，你看我，最近忙得一塌糊塗，人也瘦多了，搞得自己都不認識自己了。現在，我連鏡子都不敢照。馮大哥，你不會覺得我變醜了，就看不上我了吧？」

也許是酒精的作用吧，我現在看她，覺得她依然是那麼美，也不覺得她黑瘦了，「說什麼呢？你還是那麼漂亮。」

「你真會說話。」她朝我媚笑了一下。

我心裏頓時一蕩，因為我發現她的眼神真的很迷人。

進入別墅後，她歡快地四處看了一遍，出來後，大聲對我說道：「有錢真好。今後，我也要去買這樣一套別墅。」

「會有那一天的。」我朝她笑道。

「到時候，你如果讓我代理你的產品的話，我相信自己會賺很多錢的。」她說，很認真的樣子。

「沒問題，只要你有那個能力。」我說。

她朝我跑了過來，然後緊緊將我擁抱，「馮大哥，你真好。」

我感覺到了，她是真的高興了。

而對於我來講，這也是件值得高興的事情。因為有研究表明，助人才是快樂之本，這裏面包含著一種科學的心理學因素。

心理學家發現，助人是人生的一大樂事。人們在幫助別人的同時，心理上充實了自己，從而使自己得到了快樂。

而我對余敏的這種幫助，意義還不僅於此，因為她說到底還是我的女人。幫助自己的女人，然後讓她擁有快樂，還有什麼樣的事情，比這更值得高興的呢？

她確實很高興，甚至高興得有些忘形。她緊緊擁抱著我，然後開始親吻我的臉頰、額頭，最後，她到達了我的唇上……但是，當我們的舌剛剛交織在一起的時候，她卻猛然放開了我，大笑道，「馮大哥，早知道我們就不去吃火鍋了，你舌頭上面的味道怪怪的。」

我也笑，因為我也感覺到她剛才傳送過來的怪味道。

「走吧，我去給你洗澡，然後漱口。你這裏有沒用過的牙刷嗎？」她問道。

我笑著點頭，「有的。」

前幾次，章詩語到我這裏來後，我就準備了不少洗漱用具，因為我覺得，這些東西可能今後會很必要。

其實，我心裏也預感到了：今後到這裏來的，可能不僅僅會是她一個女人。現在看來，還真被我估計到了。

不過，今後一段時間裏，可能就只有余敏了。我心裏想。

我對自己今天的這個決定並不後悔，因為我發現，自己已經厭倦了以前那種荒誕的生活。而且，我現在最需要的是一種固定的、有規律的個人生活。余敏對我來說，或許是我目前最合適的人選。

水溫正好合適。余敏溫柔的手在我身上揉搓。沐浴液滑滑的，伴隨著她手的溫柔，遊遍了我的全身。

余敏曾經白白嫩嫩的肌膚依然還在，不過，卻不再像以前那樣豐滿了。她的雙肋都顯現了出來，腰部也顯得更加細小了，不過，她的雙腿依然修長，雖然不如從前的圓渾，但卻很有骨感。

她的臀部也不再像曾經那樣的豐腴，但卻與她修長的雙腿渾然成了一個完美的整體。當她面對我的時候，我發現，她胯間的那一抹黑色竟然是那麼的迷人，因為它們顯現得更加往外突起了。

我再也忍不住自己內心激情的噴發……

頭頂上溫暖的水流「嘩嘩」在流淌，它們的溫暖早已經將我和她完全籠罩。這樣真好，今後，天天都可以這樣了。我心裏頓時也被一種久違的幸福感包裹住了。

從浴室到寬大的床上，我們忘我地歡愛。我發現，變得消瘦後的她，更加令人迷醉。她瘦弱的身體，彷彿可以被我完全包裹，就如同我懷中的一隻小鳥般依人。這樣，我覺得自己每一次的進入都很徹底，都直達了她的最深處。

每一次的感覺都是那麼清晰而令人迷醉，甚至可以讓我感覺到她深處痙攣、收縮的細微變化。

這是一次狂野、精緻的性愛，我們全部投入到了其中，盡情地、細細地體會這樣的快樂感受。

太好了，這是我第一次如此從容地、仔細地享受、感受的性愛。

後來，我全身的激情如同潰堤的江水般洶湧而出，那種一瞬間猛烈發洩的感覺，真是妙不可言，令人銷魂萬分。

據說，女人在高潮的時候有一種欲仙欲死的感覺，而我們男人不一樣，我覺得高潮過後的男人，頓時會有一種嬰兒對母親的依戀感覺，所以這時候，往往需要一個緊緊的擁抱。

現在的我也是這樣，余敏就在我的懷裏，她像小貓一樣地蜷縮在我懷裏，呼吸悠長而細弱。她已經沉睡。

我卻沒有絲毫的睡意，因為這是白天，而且，腦海裏還有剛才那美妙感受的餘韻。

許久之後，她才悠悠地醒轉。

她細柔的小手在我的腹部輕輕地摩挲，「馮大哥，你真棒。」

「今天的感覺特別不一樣。」我說，手伸到她的腿上輕輕撫摸，掌心傳來的是她柔嫩肌膚的細膩感覺。

「馮大哥，你是一個與眾不同的男人。每一次和你在一起，我都要回憶很久。有時候，我做夢也會夢見和你……」她輕聲地在我耳畔說。

「是吧，我對夢可是很有研究的。一般來講，夢中的情景會被放大，也就是說，你在夢中對性愛的愉悅感受是被放大了的，所以肯定會更舒服。是不是這樣？」我笑著問她道。

「不是的啊，夢中的感覺雖然很舒服，但絕沒有剛才這樣有真實感。」她說。

我大笑，「有個笑話怎麼說的？男人最喜歡聽女人說『我要』，最害怕女人說『我還要』。」

「你不怕我說『我還要』的，最多就是怕我說『我再要』。」她也大笑了起來，隨即將她的身體完全依偎在我的懷裏。

我緊緊將她抱住，感覺她是如此的輕盈。

「休息一會兒吧，下午我還要去上班呢。」我說。

「今後我就住在這裏？」她問我。

「你願意住這裏也行，不過，我可能不能天天過來陪你，我孩子和老婆在那邊的家裏呢。」我說。

「你經常來就行了。我給你做飯，陪你睡覺。馮大哥，我始終不甘心，我真的想要一個孩子。但是我知道，這種可能性太小了。對了馮大哥，你可以把你孩子抱過來，讓我看看嗎？我很想看看你的孩子長什麼樣子。其實，你老婆雖然不幸，但她也很幸福，因為她畢竟為你生了個孩子，已經當上了媽媽了。」她說。

「余敏，有空的話，我把孩子抱過來你看看吧。不過，你也要想得通，每個人對幸福的看法是不一樣的。比如你，你覺得能夠有孩子就是最幸福的事，但是我老婆呢？她現在一直沉睡不醒，醒來對她來說，才是最大的幸福啊。你想想，她生下了孩子，但卻不曾看過自己的孩子一眼，所以，她比你悲慘。你說是吧？」我歎息著說。

「是，我們都是苦命的女人。」她也歎息。

氣氛頓時被陰霾所籠罩了，我們都開始不語。

一會兒後，她忽然說話了，「馮大哥，你那儀器銷售的事情，其實，我心裏很沒信心。我擔心……」

「余敏，其實我知道你心裏的想法。因為我清楚你的情況。這也正是我所擔心的事情。不過，你今天上午不是很有信心嗎？而且說實話，是你提醒了我下一步該怎麼做。這說明，你已經比以前成熟了。所以，我反而對你有了信心。呵呵！你很奇怪，怎麼反而對自己沒有信心了？」我笑著問她道。

「我主要是怕誤了你的事情。我知道，那是一個賺錢的好機會，但是很擔心因此影響了你的事業。馮大哥，你是對我最好的人。說實話，我的父母生了我，養育了我，但是，他們對我，也沒有你對我這麼好。」她說。

我即刻地道：「余敏，你錯了。這天底下對你最好的人只有你的父母，這一點你一定要記住。不管他們曾經怎麼對你，但是，我相信在他們的內心裏，對你是無私的。」

說到這裏，我的心裏忽然湧起了一種思鄉的情緒。

最近，我必須回去一趟，順便看看那個專案的情況。我心裏頓時打定了主意。

她卻在說：「我知道，不過，我真的很感謝你。馮大哥，每一次在我最困難的時候，都是你給予了我幫助。我第一次到你們醫院住院，也是你那麼無微不至地幫助我、關心我，還有後來的一切、一切。這些我都記在自己的心裏。馮大哥，我覺得有些事情不需要非得說在嘴裏，今後你就知道了。其實，我已經把自己的一切都託付給你了，早就這樣了。」

我微微地搖頭，「你錯了，我是一個不值得你託付的人。」

「不，我不是那個意思。我是說，我的一切，包括我的生命，都已經是你的了。我願意為你付出一切。現在，我什麼都沒有了，你是我唯一的希望和靠山。假如有一天你遇到了什麼事情的話，你隨時可以讓我去替你做事情，我絕不會推辭。」她慌忙地道，隨即將我的身體擁抱得緊緊的。

我很感動，也將她緊緊地擁入自己的懷裏。我們的肌膚緊緊相觸，我們的呼吸在同步，我們的唇情不自禁地再次緊緊吻在了一起。還有我們的身體，已經再次緊緊相連……

下午，我竟然沒去上班。

有時候人就是這樣，骨子裏都有著懶惰的基因，一旦有了懶惰的想法，就會自己給自己找不去做事情的理由。

今天，我給自己找的理由很簡單：下午沒有什麼緊急的事情。

其實，我今天是有事情的，因為我本來計畫下午去門診看看，因為我發現，門診最近亂開檢查的情況又在抬頭。但是，我說服了我自己：明天去也一樣，反正這事情一天之內不會惹出什麼麻煩來。

看來，一個人懶惰很容易，要戰勝自己才是最難的。

逃了班以後，我狠狠睡了一覺。醒來後卻不想起床，因為我身旁有溫暖的她在陪伴。我們開始說話、聊天。

「馮大哥，我想去讀ＭＢＡ，你覺得可以嗎？」她問我。

「如果你想去給別人打工的話，我覺得倒是不錯。因為那樣的文憑會很吸引企業的老闆。但是，如果你真的想學到真東西的話，我覺得你不如多去聽些講座。管理方面的講座。這樣還可以節省不少的費用。還有，新華書店裏有很多管理方面的書籍，講座的音像資料也有賣的，你可以去選擇性地買些回來。然後慢慢看，慢慢感悟。」我說。

我是博士畢業，完全知道學位這東西的真正內容是什麼。說到底，很多高學位的人，其實就是高分低能。當然，我自己不是。

其實，我心裏知道，余敏現在最大的問題就是經驗不足，信心也不足。不過，她有一個長處，她內心裏充滿著賺錢的渴望。這是她目前最大的動力。

我想了想，隨即對她說道：「余敏，我給你講個故事。」

「我最喜歡聽故事了，不會是黃色的吧？」她笑道。

我哭笑不得，「嚴肅點，我給你說正事呢。」

於是，她不說話了。

我這才接下來繼續說道：「一位對沙漠探險情有獨鍾的瑞典醫生，他年輕的時候，曾試圖穿越非洲撒哈拉沙漠。進入腹地的晚上，一場鋪天蓋地的風暴使他變得一無所有：嚮導不見了，滿載著水和食物的駝群消失得無影無蹤，連那瓶已經開啟的、準備為自己慶祝三十六歲生日的香檳，也灑得一乾二淨。死亡的恐懼從四面八方湧來，他把手伸進了自己的口袋。蘋果，我還有一個蘋果！他從絕望中清醒過來。幾天後，奄奄一息的他，被當地土著救起。令他們大惑不解的是，昏迷不醒的他，手中攥著一個雖然完整，但已乾癟得不像樣子的蘋果。它被攥得如此緊，以至於誰也無法從他手中取出。上個世紀初，這個一生中不乏傳奇色彩的老人去世了。彌留之際，他為自己擬寫了這樣一句墓誌銘：我還有一個蘋果。」

她問我：「蘋果？他為什麼不吃？」

我覺得她有些笨，「他如果吃了的話，可能早就死了。因為吃了那蘋果，他就沒有任何的希望了。我不知道別人是如何看待這只蘋果的。毋庸置疑，它可以被看成是信念的化身，但我更傾向於這種理解：上帝在把你置於絕境的同時，一定會塞給你一顆救命的蘋果，它就藏在你身上某一個口袋裏。因此，你沒有必要抱怨自己一無所長，你應該把歎息的時間，用在尋找這顆蘋果上。只要你能找到它，你就一定能輕鬆愉悅地走出生活的沙漠。那顆蘋果，其實就是你心底的希望。余敏，你明白我的意思吧？」

「我明白了，你就是我的那顆蘋果。」她說。

我再次哭笑不得，因為我發現，她其實並不是那麼的笨。

晚飯的時候，我給家裏打了個電話，得知家裏一切安好後，就和余敏出去吃了頓飯，同時，給了她一套別墅的鑰匙。

「每次我要去之前，會給你打電話的。」吃完飯要分手的時候，我對她說。

回到家裏，當我看著陳圓依然如故的樣子，我心裏有一種說不出的感覺。

現在，我已沒有了傷感，也沒有了自責，唯一還剩下的，可能就只有憐惜了。

我看著眼前沉睡不醒的她說：「陳圓，難道你就準備這樣度過你的一生嗎？難道你就忍心這樣一直睡著，不起來看看你的兒子嗎？」

我的話就如同在對著空氣說一般。

我歎息著離開了。

說實話，我現在有些害怕回這個家，因為我不想看見她這個樣子。

孩子真的很可愛，他看見我，就開始「咯咯」地笑，嘴角還有清清的唾液流出。

我去從保姆手上將他抱過來，他的小手摸到了我的臉頰上面，我覺得舒服極了。說實話，現在，唯一能給我帶來真正幸福感覺的，就只有孩子了。

忽然想起一件事情，急忙把孩子交給了保姆，然後，躲到書房裏去打電話。

首先打給孫露露，「情況怎麼樣？我家鄉那個專案？」

「才和龍縣長接觸了一次，縣裏很支持。現在，我正準備設計招標的事情。這件事情有些麻煩，因為縣裏有要求：一是要合乎他們總體的規劃，二是要我們找一家知名的設計單位。這樣的話，肯定會增加成本。」她說。

「這是必須的，不要害怕增加成本，今後整個縣城改造漂亮了，房價也就上去了嘛。」我說。

「縣裏面很多部門的人有些抵觸。他們陽奉陰違，每次龍縣長在場的時候，各個部門都答應得好好的，但是下來後，都拖著不辦事。我請了他們吃飯，但是沒什麼效果。」她又說道。

「這些人就是小鬼難纏，給他們買點煙酒什麼的吧。」我說。

我知道下面的人，那天，那位廣電局長的樣子，就讓我至今心裏不舒服。

「送了，每個人都是兩條軟中華，兩瓶五糧液。沒作用。」她說。

我冷笑，「他們巴不得一件件地送給他們呢。你把這些事情告訴了龍縣長沒有？」

「沒有，我覺得不能告訴龍縣長。那樣做的話，那些人會更覺得我經常在背後告他們的狀的。這些人很麻煩，一個個油得很。現在我很頭痛。馮大哥，你家鄉這地方太貧窮了，官員的觀念很落後，總覺得企業到這裏來，純粹是為了賺錢，所以，總是想從中得到什麼好處。常書記那裏就完全不一樣了。那地方的官員把我們當成財神爺，認為我們的投資是為了促進他們那裏的地方經濟，所以，服務很到位，也很熱情。」她說。

我可以想像出她正在苦笑的樣子。

我也歎息，「是啊，這就是區別。其實，這也是一種惡性循環。露露，這樣吧，我最近準備抽時間來一趟，看能不能想個什麼辦法，解決一下這個問題。」

「好的，你什麼時候來？」她問我道。

「我給醫院請了假再說吧。對了，我下來後，不要對外人說公司是我的啊，我只能在背後，暗地裏操作一些事情。」我隨即叮囑道。

「人家都希望衣錦還鄉，你卻喜歡錦衣夜行。呵呵！我知道了。」她笑道。

我想了很久，依然想不出什麼好的辦法，去解決剛才孫露露說到的那些問題。回去後再說吧。我心裏想道。

我隨即給章院長打電話，「章院長，我想向您請個假。我準備回老家一趟，回去看看父母，順便把孩子帶回去，讓他們看看。」

「大概需要多長的時間？」他問道。

「最多一周吧。」我說。

「這樣吧，你情況特殊，我給你批半個月的假。如果還需要延長的話，你隨時給我打電話就行了。」他說。

我很是感激，不住道謝，隨即對他說道：「我岳父告訴您了沒有？您的事情，那邊已經答應幫忙了。不過，需要準備點東西。」

「我已經知道了。具體情況，我不方便在電話上說。小馮，今後這樣的事情，我們當面談。好嗎？」他說道。

我發現，自己在感激之下又出現了錯誤，因為電話裏說這樣的事情，確實很容易出問題。而且，很讓別人忌諱。

於是，我急忙地道：「對不起，今後我一定注意。」

「你是科室主任，具體的事情不要管那麼細。你把科室的事情安排好後，就回去吧。沒事。對了，你明天寫一張假條到我這裏來，我給你簽字，免得今後別人說閒話。」他說。

我發現，他考慮問題確實比較周到，於是再次道謝。

隨後，我給林易打了電話。

「我正在你樓下，正說上來呢。你在家吧？」他問。

「在，我馬上給你泡茶。」我說，想不到這麼巧。

他很快就上來了，施燕妮和他一起。

進屋後，施燕妮直接去了臥室。

林易對我說：「我們去書房。」

我急忙將茶壺和茶杯都端進了書房裏面。

他掏出煙來點上。

我詫異地看著他，「您以前好像不抽煙吧？」

「最近覺得心煩，所以就抽上了。」他笑著對我說。

我搖頭道：「香煙這東西，一點好處都沒有。所以，您最好不要學會這東西。」

「不說這個了。你打電話準備找我說什麼事情？」他說。

於是，我把剛才與章院長通話的情況對他講了，順便也講了我準備回家一趟的事情。

「你回去一趟倒是應該的。」他點頭道，隨即問我道：「專案的情況怎麼樣了？是不是遇到什麼麻煩了？」

我不得不承認他的敏感與睿智，隨即點頭道：「是，目前確實遇到了一些問題。」

於是，我把孫露露告訴我的那些情況對他講了一遍。

他頓時笑了起來，「這件事情很好處理。」

我詫異地看著他，「很好處理？什麼辦法？」

「你真是當局者迷啊。你有那麼一個合適的人選可以幫你去做這個工作，怎麼沒想到呢？」他笑著說道。

我更加詫異了，「誰啊？我怎麼想不起來？」

「你父親啊。」他笑著說，隨即將煙頭扔進了旁邊的垃圾桶裏，隨後往裏面倒了些茶水，垃圾桶發出了輕微的「嗞」的一聲。

我這才問他：「您覺得，我父親合適去做這個工作嗎？可能不行吧？」

他笑道：「你父親雖然在當地沒任什麼重要職務，但他是老同志啊。像你父親這樣的人，在當地應該還是有威信的。如果他出面的話，很多事應該很好解決的。」

我覺得他說的好像有些道理，不過，我覺得還是不大恰當，「問題是，我不想讓他知道，那個專案是我在做。你知道，他這個人很古板的。」

他搖頭，「你錯了，你正規投資，又是為了建設家鄉，他怎麼可能不支持你？還有，他搞了一輩子的行政，馬上就要退休的人了。據我所知，退休的人，往往會產生失落感的，如果這時候你給他找一件事情做的話，他肯定會覺得自己過得很充實。所以，我倒是覺得，問題的關鍵不在這個地方。」

「您說說，我該怎麼去做？」我問道，頓時發現自己在專案的運作上確實比他差遠了。

「你必須給他一個身分，不然的話，他也不方便去操作。俗話說，師出有名，人在其位，才會去謀其政。所以，這個身分很重要。」他說道。

「可是，那個專案是孫露露在操作啊？而且，我父親根本就不懂專案的運作，對公司的管理，也從來沒有什麼經驗。」我擔憂地道。

「孫露露是那個公司的董事長兼總經理，你可以考慮讓你父親當總經理。有孫露露在那裏，你不用擔心什麼。這樣一來，還可以把孫露露的精力空出一部分來，去管常書記那邊的專案。這樣多好？」他笑著對我說道。

我不禁拍案叫絕，不過，依然有些擔心，「萬一我父親不答應呢？」

他莞爾一笑，「我肯定他會答應的。如果他實在不願意的話，你可以給你媽媽講啊？你父親總得聽你媽媽的話吧？」

我頓時大喜。

「章院長的事情……」他隨即說道，「你給我打了電話後，我一直在想，這件事情有些麻煩。」

「為什麼？是字畫或者古董不好找嗎？」我問道。

他搖頭，「我瞭解過了，常書記說的那位副部長姓劉，這個人和常書記的關係不錯。不過，這位劉部長的脾氣有些古怪。前不久，一位地級市的市長就栽在了他的手上。所以，我很擔心常書記會為了這件事情惹下麻煩。如果這樣的話，就太不值得了。」

我很好奇，於是問道：「那位市長怎麼栽在了劉部長手上的？」

「那位市長想當市委書記，就去給劉部長送了一件裘皮大衣。想不到，劉部長第二天就把那件裘皮大衣上交到了紀委。結果，那位市長因為涉嫌買官被免職了。」他說。

我想不到竟然會出現這樣的事情，「難道那位劉部長是真正的清官？好像不是這樣吧？常書記可是親口告訴我的，說這個人喜歡書畫和古董的。我估計是那個市長送東西沒送對路，所以，才會出現這樣的結果。」

他點頭，「這倒是一種可能的情況。不過我覺得，這裏面沒有這麼簡單。我希望事實是你說的那樣，但我覺得可能性很小，或者說，那僅僅是一種表面現象。」

「那還會是因為什麼呢？」我問他。

「現在的官員很聰明，他們一方面大肆受賄，另一方面，卻要向組織顯示他們的清廉，所以，往往會把和自己關係不好或者沒有關係的人，作為犧牲品。比如這位劉部長，他完全可能因為這個原因，就把那件裘皮大衣上交上去。反正他也不喜歡那東西，而且，他也需要證明自己的清廉。現在的問題是，我們不知道常書記和這個人究竟是一種什麼樣的關係。而且，常書記後面的人是黃省長，如果這個劉部長的後台是黃省長的政敵的話，可就麻煩了。」他說。

我搖頭，「不可能的，常姐親口對我講的，她和那位副部長關係不錯。我想，這樣的情況，她應該充分考慮到了的。還有，那位劉部長，可能也不敢輕易去得罪黃省長吧？」

他歎息道：「官場上的關係錯綜複雜，個個笑面心黑，即使是常書記，也有可能判斷失誤。」

「你的意思是說，根據你的瞭解，這位劉部長的背後，就是黃省長的政敵？我是不是可以這樣理解？」我問道。

他搖頭，「那倒不一定。不過，這位劉部長的脾氣很古怪，很難琢磨的一個人。還有一個情況可能你不知道，據說，端木雄當初任專員的時候，這位劉部長可是起了很大作用的。」

我詫異地問道：「端木雄當專員，不是黃省長打了招呼的嗎？這不正好說明，劉部長是黃省長的人嗎？」

他卻依然搖頭道：「那件事情不是那麼簡單的。據我所知，這位劉部長可是一位不倒翁。也就是說，他從不輕易倒向哪一邊，而是和省裏所有的領導都有關係。正因為如此，他才能夠在那個位置上坐了十多年而不倒。

「當然，他也沒有繼續進步。這個人的心思很莫測。據說，他曾經在一次私人聚會的時候說過一句話。他說，曾經有人給他算過命，到了正廳的位置後，就要知命了，否則，就會遇到危險。呵呵！當然，這只是一種傳說。不過，這個人確實很不一般，總是在鬥爭的最後關頭才表明自己的態度，所以，他這麼些年來，總是能站在正確的一方。

「這也許就是他能夠一直坐在那個位置屹立不倒的原因吧。不過，我們可以從他的這個情況分析到一點，那就是，如果今後黃省長和他的政敵出現什麼情況的話，一旦形勢稍微對黃省長這邊不利，那他就會成為平衡中的重要砝碼。」

我不禁駭然，「為什麼這樣說？難道黃省長現在正遇到了什麼事情不成？」

他點頭，「是的，省政府馬上面臨換屆，據我目前瞭解到的情況看，黃省長任正職的可能性極大，但是，他有一位強有力的競爭對手。這個對手，目前正在省委副書記的位置上。而且，我懷疑端木雄的死，很可能與這件事情有關係。

「不過，我現在不清楚其中的關鍵在哪裏。我是生意人，手上掌握著這麼大一個集團公司，平常很注意關注省裏面領導的動向。說實話，我很看好黃省長的，但願他能夠坐到那個位置上去。這對我集團未來的發展將起到非常重要的作用。」

「現在他是副省長，你如果不抓緊時間去和他接觸的話，今後萬一他當上了第一把手後，可能就更難了。」我隨即提醒他道。

他頓時笑了起來，「有些事情要順其自然，就如同秋天的果實一樣，只有等到瓜熟蒂落的時候，才是最好的採摘時機。何況還有你和常書記在，我隨時都有機會深入接觸到他的。現在正是他最關鍵的時候，像我這樣的企業人士，就不要去給他添亂了吧。」

我發現自己已經說走了題，於是急忙問他道：「那，章院長的事情怎麼辦？我看還不如就算了，總不能因小失大吧？如果因為這件事情影響到常姐或者黃省長的話，可就不好了。」

他卻依然在搖頭，「不，黃省長能夠坐到常務副省長的位置，可不是那麼的容易。我曾經說過，官員，特別是高級官員，他們是這個世界上最聰明的人之一。你想想，像他那樣的人，豈是那麼容易被擊敗的？何況我這個人有個特點，那就是，越覺得難辦的事情，我就越有興趣，而且，還非得把它辦好。

「一個人，只有不斷迎接各種挑戰，並迫使自己去戰勝困難，才能鍛煉自己的能力，才能讓自己的能力不斷提高。這也是一種智力上、計謀上不斷挑戰極限的過程。就好像是在玩遊戲，很有樂趣的。」

我不禁搖頭，「也許只有你這樣的人，才會這樣折磨自己。不過，這可能也是你能獲得成功，將事業不斷做大做強的原因吧。我可沒你這樣的豪情，我寧願躺在床上睡覺，也不想像你那樣。」

「你和我追求的不一樣。假如你發現有一個方法，可以完全徹底治療某一種婦科疾病，但要掌握這種方法，卻需要花費很多的時間和精力，在這種情況下，你會不會去克服那些困難？如果你在解決一個問題後，發現又有新的問題出現了，這時候，你是會繼續努力，還是會選擇放棄？你肯定會繼續努力，是吧？這裏面的道理是一樣的。」他笑道。

「有道理。」我頓時笑了起來，隨即問他道：「那麼，這件事情你準備怎麼辦？」

「你記得嗎？我曾經對你說過，我有一位朋友在美術學院。」他問我道。

我忽然想起來了，「好像是聽你講過，她應該是你的紅顏知己吧？對了，我好像還聽你念過她的一首詩。」

他笑，「是的。不過我很少和她聯繫了。前面我講過了，這件事情我出面不大方便。除了考慮黃省長的因素之外，還考慮到我目前和你們醫院合作的事情。所以，我想請你去找她，請她幫忙替你物色一幅畫。這樣最好。不過，你可能會有一些風險。萬一事情出了問題的話，就很可能牽連到你。但我也分析過，畢竟這樣的可能性很小。因為據我所知，目前黃省長和他的政敵還沒到那種水火不相容的地步。現在的問題是，需要選擇一幅什麼樣的畫，什麼價位的，這非常重要。太昂貴了不值得，太便宜了又會壞事。」

「常姐說了，只要是真東西就行。」我說。

他苦笑，「這句話等於沒說，真東西也得看是誰的。我畫的可以嗎？呵呵，開玩笑的。這樣，你去和她商量一下，看什麼樣的東西合適。我的意思是，價位不能高於二十萬，而且，還不能太顯眼。」

「這件事情不好辦吧？」我說，「而且，我還準備回家呢。」

「有些事情你要學會去做。現在，你已經不再是一個單純的醫生了。你自己有公司，還和常書記休戚相關。這邊則是我的集團公司和你們醫院的事，而你又是重要的中間聯繫人，這件事情，你不去辦誰去？去吧，辦完了再回家。好了，我走了，一會兒我把我那朋友的號碼發給你。」他說，隨即站了起來。

我送他出去的時候，看見了施燕妮。她在朝我笑，眼角還有淚痕。我啥也沒有說，只是朝她笑了笑，其實我們不需要說什麼的，我們苦澀的笑裏，已經代表了一切。

不多一會兒，我就收到了林易的簡訊，上面有三個漢字，還有一個電話號碼。他的那個朋友叫吳亞如。

這一刻，我忽然想起她曾經請林易轉交給我的，她臨摹的那幅畫來，那幅叫《晨曲》，還有林易朗誦過的她的那一首詩——

為你，我想作畫一幅，未曾執筆，你已躍然紙上；
為你，我想撫琴一曲，未曾撥弦，曲已天成；
為你，我想做詩一首，未曾構思，詩卻成行。
你是我畫筆下枝頭的鳥兒，賣弄我們今世的相逢，歌聲婉轉深情；
你是我琴下跳動的音符，傾吐我們前生的約定，琴聲動聽；
你是我心中濃情的詩行，訴說著來世。
我們的愛情，一字一句都是你儂我儂。

當時我非常喜歡這首詩的意境，而我又是學醫的，經過記憶上的特殊訓練，只要刻意去記住什麼東西，就很難再忘記。現在，我情不自禁地把這首詩輕聲地念了出來。我還記得，林易說她是一位美女。我不禁神往。

再看了一次手機上的簡訊，我即刻刪掉了。這個號碼將和她的詩一樣，我將不會再忘記。我沒有其他什麼目的和意思，只是想永遠記住一種美好的感覺。誰說吃到雞蛋就不必去看生蛋的那隻母雞？要知道，我們的心裏永遠有好奇和神往啊。

我開始撥打這個號碼。

電話通了，但卻被壓斷了。我頓時愕然。

之後我意識到，對方可能是有事情，或者覺得我的號碼不熟悉才這樣的。

於是，我即刻發了一則簡訊：我是林易的朋友，我叫馮笑。找您說點事情。

可是，我等了大約二十分鐘，她都沒有給我打過來，也沒有回覆。

於是我想：肯定是她有事情。不，還有一種可能，她在等候我再次打過去。因為我曾經聽林易說過她：她是一個非常孤傲的女人。

所以，我猶豫了：這個電話，是打呢，還是不打？

打吧，如果她生氣也就無所謂了，我正好可以把事情推掉。不過，我還是有些奇怪：林易為什麼不自己去和她商談這件事情呢？要知道，他去的話，最合適啊。

而且，我覺得他剛才說出來的那個理由，似乎有些不大合乎邏輯。

難道是他不敢去見她？他和她之間曾經發生過什麼？想到這裏，我似乎明白了。對，只能是這樣，或許他是想通過我幫他聯絡感情呢？

說實話，一直以來，我心裏是很感激林易的。撇開陳圓的關係不講，單單就林易對我的幫助來看，就值得我在心裏感激他。他對我完全做到了仁至義盡。所以，當我想到了那種可能之後，隨即就下定了決心：一定要幫幫林易。

於是，我開始撥她的號碼，通了，但卻沒有聽到對方的聲音。

我知道她正在電話那一邊等候我先開口，於是，我急忙道：「您好，我是林易的朋友，我叫馮笑，江南醫科大學附屬醫院的醫生。請問你明天有空嗎？我想麻煩您一件事情。」

「他讓你找我的？」她終於說話了，我發現她的聲音非常好聽，是標準的普通話，而且，音色軟軟的，聽起來覺得非常舒服。

「是的，是他告訴我您的號碼。」我說。

「你找我什麼事情？」她問，聲音依然很好聽，不過，我感覺到了她語氣中包含的冷淡。

我頓時語塞，隨即嘴裏也開始結巴起來，「我，我想和您當面談。可以嗎？麻煩，麻煩您給我一點時間，可以嗎？」

「對不起，我很忙。」她說，隨即掛斷了電話。

我拿著手機，頓時目瞪口呆。

一會兒後，我才發現了自己的問題：太緊張了，對她太神往了，所以，才那樣小心翼翼，生怕得罪了她。有時候就是這樣，越在乎什麼事情，反而越難以辦好。

現在事情已經到這個地步了，唯一的辦法就是，明天去美術學院找她。

現在，我學會了一點：有些事情暫時不能解決就放下，先不去想它。

隔天上班，首先去到了科室，我給護士長講了準備回老家的事情，隨即寫了假條，去到章院長那裏。他沒說什麼，因為他辦公室裏還有其他的人，不過，他即刻在我的假條上面簽了字。

隨後，我去到婦科門診，讓門診的護士長取消了我這個月的門診時間。

再隨後，我去到了曾經和趙夢蕾一起住過的房子。

打開房門後，我發現到處都是薄薄的一層灰，整個屋子看上去一片蕭瑟。

一陣風從窗外吹進來，窗簾隨之飄動，我看到一些細微的粉塵在房間裏揚起。今天，天空中出現了陽光，它們從東邊的窗戶處斜照進來，在微黃的陽光裏，我看到無數的粉塵在飄蕩。

得抽時間去趟夢蕾父母那裏一趟。我在心裏對自己說。

是的，必須去一趟。我和他們的女兒有過一場婚姻，但是，卻連他們的面都沒有見過。而且，這套房子……

一直以來，我猶豫著這件事情，因為趙夢蕾自殺後不久，我在電話上與他們聯繫過，可是，他們的反應卻讓我始料未及。因為他們對我說了：就當沒有這個女兒。

不過，我現在覺得，還是應該去見見他們，或許這是我能夠給趙夢蕾做的最後一件事情了。

今天，我來這裏的目的，是到書房來拿那幅畫，吳亞如臨摹的那幅畫。我希望用它去讓吳亞如見我一面。

畫掛在牆上，上面也是一層薄薄的灰。我去將它取下來，朝上面吹了一口氣，畫面模糊的那雙漂亮的小腿，頓時清晰了起來。真美。

從書房出去的時候，我忽然看到房門旁邊有一雙褐色的皮鞋。我記得它們不是趙夢蕾的。對了，它們應該是蘇華的。

想起在這個屋子裏曾經住過的這兩個女人的悲慘結局，我頓時悲從中來……佇立片刻後，我趕忙含淚離開。

到了樓下，我特地去買了一包防菌濕巾，然後輕輕擦拭那幅畫，當它完全變得乾淨後，我才將它放在副駕駛的位置上。隨即，我開車朝美術學院而去。

看來，這個叫吳亞如的女人在美術學院比較有名，我進去隨便找了一個學生模樣的人一問，他就知道她的情況。

他告訴我說：「吳教授在上課。」隨即告訴了我上課的地方。

我沒想到，美院的教室竟然有人執勤，不過是保安。

我對保安說了來意，他告訴我說，吳教授正在上人體素描課，一般人不准進去。

我笑道：「我是醫生，而且是吳教授的朋友。我們約好了的。」隨即將手上的畫框拿給他看，「這是吳教授親自給我畫的，她是我朋友。」

保安依然不同意，說這是規定，他也沒辦法。

於是，我靈機一動，將昨天晚上撥打吳亞如的電話記錄翻出來給保安看，同時還拿出兩百塊錢遞給他，「我有急事，麻煩你了。」

他猶豫著同意了。

於是，我相信了一點：任何規章制度都是可以通融的，只要方法得當。

其實，我完全可以在外面等候一段時間的，但我卻很想看看美術學院裏面的人體素描究竟是怎麼一回事。這種強烈的好奇心讓我不能自已。

我拿著畫框往裏面走，一路上，我不住透過教室的玻璃窗往裏面看。我發現，幾個教室裏面的教師都是男的，同時也看到了坐在小凳上面的模特兒，不過，都是老男人。我頓時失望了。

我繼續往裏面走，終於發現一間教室裏面的情況不大一樣，裏面的老師是一個女人，還有那模特兒，也是一個女人。

隨即，我去看那位老師。因為我今天來的主要目的，就是要找到那位叫吳亞如的美院女教師。

我眼前的她並不年輕，大約四十來歲年紀，但卻白皙豐腴，很有氣質。看得出來，至少十年前的她是一位非常美麗的女性。而現在，她依然讓人覺得很美。不過，她的美是一種成熟的風韻，並且，還有一種讓人一見難忘的氣質——從我的直覺上來講，她應該就是吳亞如，因為我從她的臉上，看到了一種孤傲的神色。

難道她真的就是吳亞如嗎？難道她就是林易喜歡的那個女人嗎？

不知道是怎麼的，我忽然感到心慌起來，急忙朝後退去，將手上的畫框輕輕放到了地上，然後，從教室後門的窗戶望進去，盡力在傾聽。

我聽到裏面有一個聲音在說：「你們不要只看到她的外形。她的曲線柔美，容貌漂亮，這些外在的東西一眼就可以看得清楚。把她畫下來，畫得像，這是大學一年級的學生就應該掌握的技法。但是，這還不夠，你們要撇開她的外形，注意去觀察她外形裏所賦予的神韻……」

我確定了，真的就是她，因為她的聲音我聽見過。柔柔的，帶有冰冷的感覺，純正普通話。

我隨即離開。因為我覺得，藏在這地方偷聽有點無恥。

「怎麼？這麼快就談完了？」保安問我道。他現在的態度熱情多了。

我笑著搖頭，「沒有見到。她在上課，我不好打攪她。我就在這裏等吧。」

「好，陪我說說話。我在這裏執勤太無聊了。」保安說。

「不了，我去車上等。我今天根本就沒有進去，是不是？」我笑道，隨即朝他眨了眨眼睛。

保安很聰明，急忙地笑道：「對，我今天根本就沒有看見過你。」

我轉身離開，忽然想起了一件事，急忙轉身去問他道：「對了，吳教授一會兒下課後，一般會去什麼地方？」

「去她的工作室。她的工作室在另外一棟樓，在南邊，你過去就可以看到了，就是那棟房子，紅磚修建成的。」保安說。

我道謝後離開。

去到車上，我隨即將車朝校園的南邊開去。看見了，果然有一棟三層樓的紅磚房子。這房子比較特別，看上去像是五六十年代修建成的樣子。

我將車調頭，然後打開音樂。

一小時過後，我看見她來了，身旁還有一個身穿紅色毛衣、藍色牛仔褲的年輕女孩子。遠遠的，我發現那個女孩子也很漂亮。憑直覺，我覺得那個女孩子應該就是剛才我看到的那個模特兒。因為我依稀記得她身體的比例。我是婦產科醫生，對女性有著一種非常特別的判斷能力。

她們距離我的車越來越近，我急忙跳下車去，然後，去副駕駛處拿起畫框。

「吳老師好，我是馮笑。昨天晚上給您打過電話的。」我對她說，臉上帶著笑。

她怔了一下，隨即問我道：「這幅畫怎麼在你這裏？」

「林老闆送給我的。」我急忙地回答。

她的臉色即刻變得冷漠起來，「剛才在教室外面的那個人，就是你吧？」

這下輪到我吃驚了，「我……是我。我看見您在上課，所以，就沒有打攪您。」

「你給了那保安錢？他放你進來的？」她問道。

我心裏暗呼「糟糕」，急忙地道：「不，我是趁那個保安上廁所的機會悄悄溜進去的。不過，我看見您在上課，所以就即刻跑出來了。幸好我手上有這幅畫，我用它遮住了臉，所以那保安沒發現我是外面的人。」

她看著我，忽然笑了，「想不到，你很會騙人的。跟我來吧。」

我大喜。不過，我心裏很疑惑：她怎麼知道我在騙她？還有一件事情我也很疑惑：她為什麼對我的態度忽然改變了？不過，我沒有去探究。現在她這樣的態度，已經讓我感激不已了。

跟著吳亞如和那個女孩進到這棟紅磚房裏面。她們並排在我的前面，我不自禁地去看那個女孩。應該是她，剛才我看到的那位模特兒。她身體的曲線和比例讓我印象深刻。這個女孩子的身材很特殊，應該是屬於那種傳說中的黃金比例。

我們男人在觀察女人的時候，如果感覺到某個女人的身材不錯，其實這個女人就是符合了黃金比例的標準了。這樣的女性才可以顯示出婀娜多姿的姿態。

我眼前的這個女孩子就是這樣。吳亞如的身材也不錯，不過她稍微有些顯胖，所以看上去沒有她身旁的那個女孩子顯得那麼曼妙。

吳亞如的工作室在三樓。在這短短的路程中，我在她們身後盡情地欣賞她們美麗的身形。這是一種極其美好的心理感受。美的事物總是讓人賞心悅目、心情愉悅，我覺得今天自己不虛此行。

沒有任何褻瀆的思想，只有對美的感受。這一點，我可以對天發誓。

吳亞如打開了房門，然後直接地就進去了，也沒有招呼我。我跟在她們的身後，也進到房間裏。

我發現這個房間好大，而且裏面擺滿了琳琅滿目的畫作。在屋子的正中央，是一張大大的木桌。我可以肯定，這張桌子應該是上個世紀六七十年代的東西，因為它的木質極好，做工雖然不是那麼的精緻，但是卻看上去穩重大方。

大大的木桌旁是幾張籐椅。

吳亞如坐下了，那個女孩子也拉了一張籐椅來坐到了她的身旁。

吳亞如在看著我，「請坐吧。」

我急忙將手上的畫靠牆放下，然後坐下。

這張椅子與她們有些距離。

吳亞如看著我，「怎麼？我這幅畫畫得不好？準備拿回來還給我？」

我沒有想到她竟然會這樣說，急忙地道：「不，不是的。我把它作為來見您的名片。我擔心您不接待我。」

「呵呵！你這人很有意思。」她笑道，隨即又對我說道：「剛才上樓的時候，你一直在我們身後看我們，怎麼樣？說說你的感覺？」

我頓時愕然，感到無地自容。

我沒有想到她問得這麼直接，而且讓我疑惑不已的是，剛才在上樓的過程中，我根本就沒發現她回過頭。難道，她的腦後長了眼睛不成？

可是現在，我卻不得不回答她的這個問題。我不可能說自己沒看她們。她們在我前面，而且在上樓，不看是不可能的，而且，我如果否認自己看了的話，那就間接地表示我否認了她們的美麗。要知道，這可是女人最忌諱的事情。

「很美，黃金比例的身材。你們都是。」她問了後，我就即刻回答道，根本就沒有時間去考慮，因為她的一雙美目正在看著我。

她頓時詫異了，「你也知道黃金比例？」

我心裏頓時不悅，不過卻不好表露出來，「黃金比例中學就學過了，我怎麼會不懂？」

她笑了起來，我發現她笑起來的樣子很好看，「是我說錯了。我的意思是說，你怎麼會對人體的美學這麼瞭解？對了，你說你是醫生，你是哪個科的醫生啊？」

我頓時明白了：林易沒有告訴過她我的任何情況，而且當初，也沒有對她說，這幅畫是送給我的。

我回答道：「我是婦產科醫生，所以這也是一種職業習慣。」

她瞪大著眼睛看著我。她旁邊的那位漂亮女孩子也發出了很小的驚呼聲。

我淡淡地笑道：「我沒開玩笑。可能你們覺得很奇怪。不過剛才，我無意中看到了你們在上人體素描課，這位美女應該就是那位模特兒吧？確實很漂亮。我們的職業就是關心女性健康，解決她們的病痛，讓她們恢復美麗和自信。而你們展現的恰恰就是女性美麗的一面。當然，你們的範圍更廣，因為你們展現的是一切美好的事物。不過，我覺得人體是這個世界最完美的東西，它不但有著完美的曲線，而且還因為具有智慧，而顯示出了這個世界其他生物沒有的靈性。呵呵！對不起，我不懂美術的，說遠了。我想表達的意思是，我們都是用內心的善良和真誠在從事自己的工作，沒有一絲一毫骯髒的思想。」

「說得太好了。」吳亞如歎息道，「看來，我得重新認識你們當醫生的。」

我頓時鬆了一口氣，隨即笑道：「醫生也有好壞。就如同你們畫家一樣。任何一種職業的人都是良莠不齊的。」

「這倒是，不過我們畫家大多數是好的。」她說。

「這個我不好說。反正我知道，你們學校就有一位教師很變態。」我搖頭道。

「誰？你怎麼這樣說？」她詫異地問。

「你們學校的一位老師，她不是曾經傷害過一個單純可憐的女孩子嗎？」我問道。

她恍然大悟的樣子，「我想起來了，是有這麼回事。不過那個人是例外，她在我們學校裏也不受歡迎的，她是我們學校的恥辱。馮醫生，那個受傷害的女孩子，是你的病人吧？現在她怎麼樣了？」

我不禁歎息，黯然地道：「她後來成了我的妻子。現在，唉！不說了。」

她更加詫異，「竟然是這樣？可以告訴我嗎？你妻子怎麼啦？」

「林老闆什麼都沒有告訴你？」我也很詫異。

她搖頭，「他要是什麼都告訴我就好了。」

「我妻子是林老闆老婆的女兒。幾個月前，因為生孩子出現了意外，到現在都一直昏迷未醒。」我歎息著說。

「對不起，也許我剛才不該問你。」她說，隨即又道：「你剛才的話是什麼意思？他老婆的女兒？難道不是他的女兒？」

我這才發現自己說漏了嘴，不過已經來不及掩飾了，只好如實告訴她，「我妻子是林老闆妻子以前的孩子。」

她頓時不語，沉吟片刻後，才問我道：「你今天來找我有什麼事情？」

我去看她身旁的女孩子，欲言又止。

她笑道：「沒事，她是我侄女。」

我頓時驚訝了，「你侄女？」其實我沒問出來：你怎麼讓你侄女幹這樣的工作？

「你很奇怪是吧？覺得我怎麼會讓自己的侄女去幹那樣的工作是吧？」她看出了我的詫異，「她高中畢業後沒考上大學。我覺得她很適合這樣的工作。不然的話，還能夠做什麼？這份工作很不錯，展示自己的美有什麼不好？我們女人就是要時時刻刻展示我們的美麗。可能你不會相信，我自己就給我的學生當過模特兒。」

我更加覺得不可思議了，心想：難道搞美術的人真就這麼另類？

她看著我，「你覺得不可思議是吧？我想，也許很多人也無法理解你一個大男人要去當婦產科醫生的。」

我心想：這倒是，於是情不自禁地苦笑了起來，「確實是這樣。不過，她的父母會同意嗎？」

她即刻歎息道：「只好瞞著他們了。畢竟，這樣的事情，人們還有思想上的誤區。不過，你說她一個高中畢業生，還能夠幹什麼？我可以給她錢，但這不是長久之計啊？」

「她可以自己做事啊？比如開一個服裝店什麼的。你可以幫她投資什麼的，不可以嗎？」我問道。

其實我心裏還是覺得，讓這麼漂亮的一個女孩子去做那樣的事情，太可惜了。

「虧了我幾十萬！怎麼沒做過？」她說，滿臉的苦笑。

女孩子的臉頓時紅了。

「可以找林老闆給她安排一份工作啊？很簡單的。他那麼大的公司，養一個人是沒問題的啊？您和他不是朋友嗎？」我說。

「我不求他！」她頓時生氣了，臉色也忽然變得難看起來。

我忽然意識到自己錯了，看來，我的分析是對的，她和林易之間最近肯定出了什麼狀況，不然的話，林易不會讓我來做這件事情。

很明顯，今天我來是有任務的，在這種情況下，如果我挑起她不愉快的話題，肯定會把事情搞砸的。

想到這裏，我問道：「她在這裏一個月有多少收入？」

「當模特兒是按時間計費的。五十塊一小時。一個月下來也就三千多塊錢吧。」她說。

我不禁驚訝萬分，「這麼少？」

「就在那裏坐著，什麼事情也不幹。這收入算不錯的了。不過我準備讓她也學習繪畫，現在正在教她基礎的東西。唉！她好像沒有這方面的悟性。」她說。

我覺得她有些過分，同時覺得自己也很不應該，因為我們倆就這樣當著這位女孩子的面談論她，這很傷她自尊的。

不過，我不得不問，因為我有自己的想法，「吳教授，我可以給她一份工作，月薪五千，每個月另外補助電話費和交通費，年終的獎金呢，根據她的工作情況考慮。此外，還負責對她進行職業培訓。您看怎麼樣？」

她詫異地看著我，「什麼工作？她幹得下來嗎？」

「我一位朋友，她是一家企業的老闆。女的。她需要一位助理。您覺得怎麼樣？」我說。

「不可能，她的文化程度太低了。」她搖頭。

我笑道：「我是博士畢業，我並不覺得自己的文化有多高。最多也就是在醫學上的知識多一些罷了。有句話不是這樣說的嗎？術業有專攻。其實，我們每個人都有自己的長處，天生我材必有用是吧？我倒是覺得，每個人找對自己的位置才是最重要的。您說是嗎？」

我這樣說是有道理的，因為從剛才我們的話中，我已經感覺到了：吳亞如安排她的侄女做這樣的工作，其實也是一種無奈，不然的話，她為什麼要把這件事情瞞著她的父母？

「我很老嗎？你怎麼老是『您』啊『您』的？」她瞪了我一眼，隨即便笑了起來，「不過，我覺得你說的好像很有道理。問題是，你那位朋友要不要她呢？」

我笑道：「我實話告訴你吧，那家公司是我的。只不過，我請了那個人在替我管理。」說到這裏，我猛然意識到了一個問題：一直是我和吳亞如在談這件事情，根本就把她侄女當成了空氣一樣！這可不是我想要做的事情。因為我覺得，尊重一個人的選擇是最重要的，無論多好的事情，也要別人自己願意去做才行。

比如我自己，從來都很反感別人隨意安排我。作為我的公司來講，我需要的是一個今後能夠獨立工作的人，而不是一個被強迫安排在那個位置上混日子的員工。而且，這樣對她今後也沒有幫助。吳亞如說得對，任何人都不可能幫她一輩子。

於是，我急忙又道：「問題的關鍵是，她自己願不願意做那份工作。對了，我還不知道你的名字呢，你可以告訴我嗎？」

「她叫董潔。這麼好的工作，有什麼不願意的？」吳亞如說道。

我搖頭，「吳教授，我的觀點可能與你不大一樣。我覺得，一個人最重要的是幹他喜歡幹的工作。如果董潔喜歡當模特兒，而且希望今後成為畫家，那麼，繼續現在的工作又何嘗不可呢？現在收入少無所謂啊，畢竟她還很年輕嘛。年輕就是在學習的階段，今後的機會多得很。前面我說了，如果她願意去做我說的那份工作的話，我們肯定負責對她進行培訓。想去讀書、拿文憑也可以，公司替她出費用。不過，條件是，要把工作幹好。」

吳亞如看著我，「你還真的與眾不同。要是他能夠有你這樣的思維就好了。唉！這就是觀念啊。馮醫生，今天我受益匪淺啊。小潔，那你說吧，願不願意去那家公司上班？從此以後，我不再強迫你做任何事情了。馮醫生，你別誤會，當模特兒的事情可是她自己同意了的。以前讓她去開飾品店和小飯館，倒是我勸她的。」

「我……」董潔的臉紅紅的，欲言又止。

我微笑地看著她，這種微笑本身就是一種鼓勵，「小董，我還是那句話，一定要做自己喜歡的工作。我是婦產科醫生，見到的女病人不少，她們有時候也會給我講她們的工作和家庭情況。我發現，凡是喜歡依賴於別人的女人，最終都很失敗。所以，我覺得，作為女性，自強、自立才是最重要的。」

「我……我願意。」她終於說話了，聲若蚊蠅。

然而，我卻發現，吳亞如並沒有去注意她侄女的表態，而是在那裏發呆，我聽到她低聲地、喃喃地在說道：「我明白了……」

我詫異地看著她，「吳教授，你明白什麼了？」

她頓時清醒了過來，朝我笑道：「沒什麼，我走神了。對了，你還沒有告訴我呢，你今天來找我，究竟有什麼事情？肯定不是什麼小事吧？不過，有句話我可要說在前面，如果你是來為林易說情的，最好請你馬上離開。小潔可不去你那裏上班，最多我養她一輩子。」

她開始的時候還在笑，但說到後面，臉色忽然就變了。

我急忙地道：「我根本就不知道你和他發生了什麼事情，我是為了另外一件事情來的。不過吳教授，我們可以單獨談談嗎？」

我剛剛說完，董潔就即刻站了起來，「我先出去一會兒。」

我覺得這個女孩子很懂事的，心裏頓時覺得她還不錯。

「別走遠了，一會兒，我們請馮醫生吃飯。」吳亞如說。

董潔點頭後出去了。

大大的工作室裏，就剩下了我們兩個人。

請續看《帥醫筆記》之十四　政商交鋒

帥醫筆記 之13 黑金現形

作者：司徒浪
發行人：陳曉林
出版所：風雲時代出版股份有限公司
地址：105台北市民生東路五段178號7樓之3
風雲書網：http://www.eastbooks.com.tw
官方部落格：http://eastbooks.pixnet.net/blog
Facebook：http://www.facebook.com/h7560949
信箱：h7560949@ms15.hinet.net
郵撥帳號：12043291
服務專線：(02)27560949
傳真專線：(02)27653799
執行主編：風雲編輯小組
美術編輯：風雲編輯小組

法律顧問：永然法律事務所 李永然律師
北辰著作權事務所 蕭雄淋律師

版權授權：蔡雷平
初版日期：2016年1月
初版二刷：2016年1月20日
ISBN：978-986-352-273-7

總 經 銷：成信文化事業股份有限公司
地　　址：新北市新店區中正路四維巷二弄2號4樓
電　　話：(02)2219-2080

行政院新聞局局版台業字第3595號 營利事業統一編號22759935

定價：280元　特價：199元

國家圖書館出版品預行編目資料

帥醫筆記／司徒浪著. -- 初版-- 臺北市：風雲時代，
2015.06 -- 冊；公分

ISBN 978-986-352-273-7（第13冊；平裝）

857.7　　104008026